OUR LOVE

驀然回首，你依然在

在那些褪色的時光記憶裡，我想念你；在那些閃亮的未來憧憬裡，我愛著你。

網路小說人氣作家 Sunry——著

愛情總是突然來、乍然去，於是我們總在微笑中期待、期待中失落那年，他對她說：「不要再自己一個人了，請妳讓我照顧妳，好嗎？」

他走向她，擁抱倉皇不知所措的她。

他懷裡的她微微的發抖，兩個人幾乎合而為一的心跳聲如雷鳴般震耳欲聾。他惴惴不安的等待她的回答。

他告訴她，想守護她。而她知道「守護」的意思。

「守護」有很多種。她明白他所謂的「守護」指的是以一個新的定位，站在自己身邊，而那個定位是——男朋友。

她很訝異，不敢相信這一天真的會到來。還以為自己是在作夢，所以偷偷咬了一下自己的舌頭，確定很痛，痛到眼淚都快飆出來時，才終於抬起頭對他說：「好。」

只是一個字，卻是所有承諾的起點。

她沒告訴他，那個答案，是她用盡所有勇氣才終於說出口的。

她也沒告訴他，在他喜歡她的同時，她早已經喜歡他好久了。她是不輕易喜歡人的，但一旦喜歡上一個人，就會天長地久。

她就是這麼一個死心眼的人。即使後來的後來，他們分開了，她還是喜歡他。

有些感情由不得人，就算愛得入骨，最後也只能偷偷的藏起來，默默想念。用最不打擾對方的方式，靜靜悼念彼此曾經擁有的快樂時光，反覆作繭，一次又一次、一遍又一遍……

「嘿！在忙？」

埋首在印著密密麻麻數字的財務報表中時，周曉霖的耳邊傳來再熟悉不過的招呼聲。

「忙不忙你看不出來？」她連抬頭都懶，正努力與報表上那一堆數字打架，嘴裡忍不住出聲酸對方，「貴公司的財務狀況挺好的嘛！餵飽了你這位大老闆的荷包，卻累壞了我們這些小職員的精力跟腦力。」

「哈！有沒有這麼委屈？」對方哼聲，順手拉了張椅子坐在周曉霖對面，語氣依然笑嘻嘻的，「要不，我換間會計師事務所幫我們公司作帳，妳就不用這麼累啦。」

聞言，周曉霖立即抬起眼，怒視對方，「楊允程，你敢！」

他要真這麼做，她肯定會被上頭罵得狗血淋頭。

楊允程看著周曉霖嗔怒的反應，臉上掛著不以為意的淡淡笑容，一雙眼笑得彎起。但他只安分了半晌，接著又忍不住開口問道：「怎麼樣，今天一起吃晚餐？」

「沒空。」周曉霖冷淡回應，指著凌亂得好像被翻箱倒櫃過的桌面，說：「你有沒有看到我這滿桌子的報表？我要趕快核對修正完，才能幫你們公司申報營所稅啊。」

「那不然吃消夜？」楊允程退讓一步。

「你是錢賺太多，不請人吃飯會被錢咬傷嗎？」周曉霖忍不住白了他一眼，「這麼想撒錢，你們公司那麼多員工，不會全都請一請，或是挑幾個你看得順眼的美眉，先帶她們去吃浪漫的燭光晚餐，再去看電影。我敢打包票，憑你的身家，你馬上就可以脫離單身王老五的生活，到時我一定包個大紅包給你。」

「切！」楊允程嘖了一聲，自信滿滿的回應，「憑我楊某人的外貌，要什麼樣的女人沒有，根本不必談到身家就有人主動倒貼，只是我不想要而已。」

「很臭屁嘛！」周曉霖根本懶得看他，揮揮手，直接下逐客令，「我最討厭暴發戶了，快滾。」

「講話客氣點，什麼暴發戶？我這副身家可是靠自己雙手雙腳打出來的耶！」楊允程死纏爛打，像隻打不死又趕不走的蟑螂一樣，死黏在她對面的椅子上。「……所以，我可以不用滾了嗎？」

周曉霖抬起眼，板著臉瞪了他幾秒鐘，但忍不住還是被他臉上擠眉弄眼的表情給逗笑了。

一見她神色稍微放鬆，楊允程馬上抓緊機會慫恿她，「周曉霖，我說真的，今天我公司的美眉推薦了一間網路上評價破表的湘菜餐廳。妳也知道，我就是沒辦法抗拒辣的美食，所以立刻電話訂位，但人家餐廳根本沒有空位，是我跟店經理低聲下氣死求活求，好不容易才凹到兩個位子。可是大家都有事，我找不到人陪，一個人吃飯好寂寞啊，想到妳也喜歡吃辣，所以馬上跳上車來找妳！妳看看，我親自出馬來請妳耶，超級夠誠意的，有沒有？」

他話語一落，馬上引來周曉霖不滿的目光。

「我哪有喜歡吃辣？還不都是被你訓練出來的！每次跟你吃飯，不是點酸的就是辣的，我能怎麼辦？你就不能挑點正常口味的食物嗎？」

「吃酸對身體好啊，酸鹼中和呀！吃辣可以促進血液循環，有益身體健康。」

楊允程吊兒郎當的扯開唇角微笑，在別人眼中，他這樣可能充滿玩世不恭的魅力，但在周曉霖眼中，他就是一個痞子！

偏偏她跟這個痞子有著超乎尋常的好交情，是無話不說的酒肉朋友，又是國中時期的老同學，即使兩人針鋒相對，也吵不壞友誼。

「講不贏你，好啦，晚上幾點？」周曉霖嘆氣。

每次只要楊允程搬出「找不到人陪」、「一個人好寂寞」之類的理由，周曉霖就完全沒辦法招架。而他也早看出她的弱點，每次都拿相同招式對付她。

「看妳方便，我完全配合。」楊允程喜形於色，嘴角都快咧到耳根去。

看我方便？這人肯定又來騙我了！周曉霖心裡暗想著，不是說特地訂位了嗎？一位難求的餐廳居然這麼有佛心，百分之百配合客人的時間表，隨便幾點到都沒關係？

接收到她殺人般的目光後，楊允程立刻察覺不對，腦筋一轉，立刻改口說：「唉唷，周曉霖，我忘記了，不能看妳方便耶。我那是訂好位的，訂的是晚上七點半。時間上妳可以嗎？」

周曉霖冷笑一下，心想：這傢伙還算有點小聰明，知道說漏了嘴，趕緊彌補，還算識相！

「你七點十分來公司接我。現在你可以滾了，馬上！」

楊允程歡天喜地的領旨謝恩，乖乖離開。

在他離開後，周曉霖又打起精神，重新投入那堆令人頭昏眼花的財務報表中。

說起來，楊允程跟周曉霖的重逢完全是場意外。

大學畢業那年，周曉霖的愛情也跟著「畢業」。和李孟奕認識多年，從國中到高中，又從高中到大學，即使真正談戀愛要從大學開始算起，然而和一個人在一起這麼久，友誼與愛情一樣濃，分手後，她的精神也飽受打擊，一個人躲起來，過了一段彷彿人生毀滅的絕望日子。「食不知味」或「行屍走肉」之類的形容詞都不足以形容她當時的悲慘心境。

因為擔心她的狀況，學生時代的蜜友許維婷每個月都會撥空北上來探望。兩個女生經常窩在一間房間裡，一發呆就是一整天，更多時候，周曉霖的眼睛都是濕的，像六月的梅雨季，任憑日光再怎麼晒，也晒不乾她眼底深處的那片陰晦。

同樣是高中同窗，保持著聯繫，李孟奕總是時不時便向許維婷打探周曉霖的行蹤，但因為受周曉霖之託，所以她很講義氣的沒向李孟奕洩漏過半點消息。

然而，她偶爾會把李孟奕慘兮兮的近況向周曉霖報告，反覆追問是不是真的要這麼狠心，完全遺棄兩個人的過去，毫不留戀？

周曉霖總是聽著聽著，眼底便匯聚成一片汪洋。

她問過自己後不後悔，答案是肯定的。可是後悔又能怎麼樣呢？人生是一條流動的河，你沒有辦法令它靜止，更沒辦法回頭。

那段時間，她除了哭，根本就沒有多餘心力去考準備了近一年的國家考試。但日子總要繼續過下去，所以，在畢業半年後，她終於振作精神，找到一間會計師事務所的工作。

但她怎麼也沒想到，會因為工作交集而和楊允程重逢。

楊允程是這間會計師事務所的客戶。再見到他時，周曉霖很訝異，楊允程不再是她印象中那個青澀的痞子小混混，轉而蛻變成一個成熟的男人。

相較於周曉霖乍見同窗舊友的詫異，楊允程更驚訝自己居然見到高不成、低不就的周曉霖。

「我原來以為妳會到國外念書，或是在某間大公司當主管。」在兩人重拾友誼、彼此熟稔之後，他曾對周曉霖坦白自己的錯愕。

「你怎麼會這麼想？」周曉霖不由得好奇。

「因為妳頭腦那麼好、成績那麼棒，根本就是塊讀書的料。出國深造什麼的路子最適合妳了，而且妳向來努力，表現得很突出，總是受人矚目，那些大企業怎麼可能錯失妳這種優秀人才。」

「你也太高估我了。」她覺得他實在誇張。

「是妳太不明白自己的價值了。」楊允程盯著她，認真的說：「要不要考慮一下，來我的公司上班？我給妳一個主管職。」

周曉霖執拗的搖頭，「不了，我想靠自己。」

楊允程一聽，大笑起來，模樣開朗。「周曉霖，妳真是一點都沒變，還是像以前一樣那麼驕傲。」

周曉霖也跟著笑。

是啊，人哪有那麼容易改變呢，就算被世界給打敗了，骨子裡，還是有些東西是始終不改的。

更何況失去李孟奕之後，周曉霖身上所剩，唯一能夠支撐自己的東西，大概就只有「骨氣」了。

後來楊允程問起李孟奕的事時，她的語氣很淡，像在說件無關緊要的事情一般。

「分了。」她說。

「分了？」楊允程吃驚得睜大眼睛，見她微微點頭，又追問：「為什麼？」

「你怕不怕女生的眼淚？」周曉霖反問他。

「他母親的，超怕！」楊允程老實回答。

「那你就不要問了，再問，我會直接哭給你看。」

真的！有些事，只要知道就好，多追問，只是憑添難堪。

曾經有那麼一段時間，周曉霖超級討厭楊允程。

大概是因為在學生時期，楊允程曾與她的好友張晴柔交往，卻因為年少時無法負責的魯莽行為，令張晴柔遭受心靈及身體上的重創，再加上國中時期的楊允程總是一副流里流氣的流氓樣，所以周曉霖對他的印象極其惡劣。

只是沒想到，多年後再相遇的兩個人居然會成為莫逆。套句許維婷說過的話，真是「命運最愛捉弄人」。

不過周曉霖覺得，楊允程與她之間的關係，並不能簡單用被命運捉弄來形容。更確切的說，她覺得自己是「誤入歧途」，而楊允程則是在與她重逢後，命運整個大昇華。

七點十分，楊允程準時出現，不過周曉霖卻還在辦公桌前埋首苦幹。

「不用這麼拚命吧，這位小姐！」

他邊甩著車鑰匙邊走到她面前，鑰匙發出的金屬碰擊聲，遠遠就聽得到。

「幾點了？」周曉霖似乎被他的再度出現嚇了一跳，抬頭才發現，白天鬧鬧嚷嚷的辦公室此刻早已經空盪盪，只剩寥寥幾位還在加班的同事，連忙問：「時間到了嗎？怎麼這麼快！」

楊允程早就對這樣的情形見怪不怪。周曉霖一忙起來就像拚命三郎，總是忘了時間的流逝。

「七點十分。」楊允程回答，特意強調，「我可沒有早到喔。」

「再給我幾分鐘，讓我把手上這些帳目做個 ending。」

楊允程也不催促她，安靜的拉了把椅子坐在辦公桌對面，只是他才剛落座，就被事務所老闆宋哲銘眼尖發現。對方快步走來，熱絡的跟楊允程招呼寒暄。

「怎麼，來接曉霖下班？」宋哲銘滿臉堆笑的問。他知道這兩個人是同學關係，不過他們的好交情，看在他眼中，總有種異於尋常的曖昧情愫。

「對啊，死求活賴了半天，她才終於答應要跟我去吃晚飯。」楊允程誇張的回答，還不忘再追損周曉霖一句，「她也太熱愛工作了。」

宋哲銘對周曉霖笑了笑，「曉霖，時間差不多了，妳先下班去吃飯吧！工作明天再繼續就好，不急於今天把它趕完。」

她還沒來得及回應，楊允程已經急忙求饒了，「欸欸，你不要害我，她要趕工作就讓她趕，我等一下沒關係，你這樣趕她收工，會害我被她罵耶！你不知道你這位員工人有多凶嗎？」

宋哲銘饒富興味的揚起一抹笑，眼睛溜來轉去的看著兩人的表情，最後拍拍楊允程的肩膀，笑著說：「那你辛苦了，加油啊！」

聽著楊宋兩人的對話，周曉霖在心裡抗議：加油？加什麼油啊？這位楊大老闆三天兩頭的拉我去吃飯，一下子辣，一下子酸，腸胃都不知道被他訓練得有多健壯，麻辣鍋已經進步到吃大辣不眨眼的程度，其實真正辛苦的人應該是我才對吧！

但在宋哲銘面前，她不好翻臉，勉強表現出做員工的和順態度，但等他一離開，周曉霖立刻抬起頭惡狠狠的瞪著楊允程。

楊允程也不是省油的燈，一感受到她眼裡的殺氣，立刻發揮他的搞笑天分，用雙手捧住自己的臉頰裝可愛，擠出嗲聲嗲氣的聲音說：「唉唷，妳不要這樣看我啦，人家會害羞呢！」

周曉霖翻了翻白眼，暗想：最好你這種厚臉皮的人也知道什麼叫害羞！

見她那副氣呼呼的模樣，怕她真的生氣，楊允程只好收斂，搔搔頭坐下，從口袋裡掏出手機玩起遊戲來。

趁著他安靜的空檔，周曉霖趕緊投入收尾工作，不過她工作得並不專心，偷偷抬眸瞄了對方好幾眼，但楊允程都沒發現。

看他像乖孩子一樣不敢出聲的等待著，周曉霖也有點於心不忍。楊允程這個人雖然外表痞痞的，還夾帶一點暴發戶財大氣粗的海派豪氣，但他的性格單純念舊，常常被她欺負著玩又不敢吭聲，還常常為了等她吃一頓飯，肚子餓上半天也不敢有任何抱怨。

她想起許維婷曾說，這樣的男人超適合用網子網來做老公，還說周曉霖放著這樣的傢伙不選，實在是太暴殄天物了。

可是，楊允程跟她除了「飯友」這層關係，若硬要再加上什麼牽連的話，頂多也只是「國中同校」，甚至連「青梅竹馬」或「同窗好友」這麼曖昧的字眼都扯不上。

她知道，有些人就算當了一輩子的朋友，也沒有辦法成為情人。楊允程跟她就是這樣的朋友。

更何況，重逢後的他只是一個勁兒的對自己好，把她說的每一句話都奉為圭臬。她知道他之所以對自己那麼好，除了朋友關係之外，或許還有一點舊日回憶中的喜歡成分存在，但他沒表白，她就當沒這件事。

她覺得這樣的相處方式很好。沒有負擔，沒有虧欠，沒有等待，沒有期盼。合則聚，不合則散。這是李孟奕曾經告訴過她的道理。

幾分鐘後，周曉霖把桌上的報表整理好，放進抽屜裡上鎖，快速清完桌面，關了電腦，拎起包包，對楊允程說：「走吧。」

「妳好了？」

楊允程有些喜出望外。周曉霖看著他那一臉宛如中樂透的開心表情，不由得覺得好笑。

這個人平常總是費時又堅持的等她吃飯，而且常常一等就是半小時、一小時的，從來沒有怨尤。

有次比較誇張，本來他們約好要吃晚餐，餐廳也訂好了，結果等周曉霖忙完，早已經過了晚餐時間，他竟也不惱不怒的安靜坐在辦公室的單人座沙發上苦等。直到周曉霖忙完，才發現楊允程早已經坐著睡著了，腦袋前後左右晃來點去的，模樣說有多滑稽就有多滑稽。

那是周曉霖第一次看到他打瞌睡，她還壞心的蹲在他面前，偷看他睡著的模樣，發現他睡著時的臉龐像孩子般純真。

只是楊允程那顆頭左點點、右點點的樣子實在太好笑了，她觀察他的睡相沒幾秒鐘就忍不住摀嘴笑出來，又怕自己會不小心笑出聲音吵醒他，只好邊笑邊忍，努力克制……最後，她忍笑到整個肩膀都在抖動，就差沒內傷。

事後周曉霖還挺後悔的，懊惱當時怎麼沒把他那好笑的打瞌睡模樣錄下來，在楊允程公司尾牙的時候放出來娛樂一下員工，讓大家瞧瞧平常總是一臉凶神惡煞、連鬼看到都害怕的楊老闆睡著時，表情有多可愛。

周曉霖想，那肯定可以製造歡樂高潮，說不定比抽尾牙第一特獎還令人開心，還能幫他這位大老闆拉抬一些人氣。

不過，有了那次讓楊允程久等的經驗後，每當他們又相約吃飯，而他又來公司等她時，就算周曉霖已經忙得焦頭爛額，也仍會警惕的提醒自己，別再誇張到又讓他把晚餐等成消夜。

「不敢讓你等太久。」周曉霖回答他。

「沒關係啦，妳如果忙就先做妳的事，我等一下不要緊的。」嘴巴這樣說，他的身體卻很誠實的一直想往大門口方向移動。

「反正我也餓了。」周曉霖笑著，「民以食為天，餓了就要吃飯，這是我爸告訴我的。」

「妳爸真有先見之明。」楊允程誇張的拍馬屁，當然，他話才一說出口，馬上就招來對方的白眼伺候。

「你可以再狗腿一點啊。」周曉霖用「你如果識相點，就馬上給我閉嘴」的語氣對他說。

「哪有狗腿？我這可是句句出自肺腑啊。」

周曉霖沒再說話，只是她那雙漂亮的眼睛直勾勾的盯著楊允程。李孟奕曾說過，她最可怕的時候就是繃著一張臉瞪人，偏偏又一句話也不吭，眼神令人毛骨悚然，因為誰也不會知道眼睛的主人心裡在想什麼，情緒又會在什麼時候突然大暴走，然後好死不死的，如果剛好又站在颱風尾的位置……

「嗯……好！我閉嘴。」幾秒鐘後，楊允程立刻識相的見風轉舵。

故事總要未完成，才足以扣人心弦。所以當我們的愛情畫下句點時，就注定了我要用一輩子來悼念我們來不及完成的愛戀。

大學畢業後，周曉霖並沒有離開這座充滿她跟李孟奕回憶的城市，她不是沒想過要離開，但就是捨不得。

彷彿只要一離開，她便真的與他失去最後的聯繫。

所以她留下了，待在他所在的城市裡，跟他一起呼吸著一樣的空氣，感受相同的氣候，回憶她與他的過去。

愛情離開了，並不代表她的心死了，她還是會想念，偶爾也會期待，是不是在某個擦肩而過的街角，他們兩個人會同時佇足回眸，然後微笑。

可是這座城市好大，大到她不曾在任何街頭偶遇過他；這座城市也好小，小到他的消息總是斷斷續續的傳來……不管是自己刻意打聽，或是旁人無意談起。

也許這一生，他都不可能會離開她的世界了。

但至少，在她的心上，他一直住在那裡。

沒人可以取代。

吃完辣到她全程猛灌好幾杯白開水的晚餐後，楊允程開車送她回家。

「怎麼樣？很過癮吧？」在車上，楊允程還意猶未盡，「果然不能小看網路推薦，我們找一天再去大吃一頓怎麼樣？今天還有好幾道菜沒點到呢，真不甘心。」

「太辣了。」周曉霖搖搖頭，直接投降。「辣到我的胃好像都要燒起來了，不行不行，下次你要再吃這一間湘菜，記得，千萬不要找我。」

「不找妳多可惜！妳是我認識的人裡面最會吃辣的耶！」

「你不是說不能小看網路推薦？」周曉霖認真的看著他，「那你不會上網去找找有沒有網友們推薦耐辣達人，可以網羅來當你的飯友，以後你吃飯就專找他。如果對方是男生，又聊得來，那就結拜當一生的酒肉朋友；萬一對方是女生，也聊得來，那就順理成章的追來當老婆，一舉二得，不是很好？」

「爛提議。」楊允程大笑，「不過因為是妳提出來的，所以我還是會認真考慮一下。」

「我怎麼感覺你這句話哪裡怪怪的？」

「哪裡怪？」楊允程繼續笑，「認真思考妳的提議，表示我很在乎妳這個朋友，所以妳說的每句話，我都會放在這裡，」他比比自己的腦袋，又說：「仔細思考過，再決定要怎麼去蕪存菁，把重點永遠記在這裡。」他又比比自己心臟的位置。

「果然是生意人。」周曉霖笑了，「隨便一句話都能講得這麼好聽。你說，那些跟你談合作的廠商是不是老被你的話逗弄得心花怒放，在暈頭轉向樂乎乎的氣氛中，胡里胡塗就簽下合作契約？」

「我要真這麼厲害，早就富可敵國了，還會開這台破車跟妳去吃一頓價位不算高檔的湘菜嗎？」

「有人說價格一定要高，菜才會好吃嗎？這是哪一國的理論！」周曉霖不肯苟同，「你記得我們老家那間北方麵食館嗎？他們店裡的大碗紅燒牛肉麵一碗不到百元，你說，它好不好吃？」

「好吃到爆。」

楊允程根本連思考都沒思考，直接回答。

「還有那家開了三十幾年的熱炒店，每一道菜都只要一百元，你說它好不好吃？」

「讓人流連忘返。」

楊允程故意吸了吸口水，一副不勝懷念的表情。

「所以，食物的價值無關乎價目，重要的是在你味蕾上製造出來的感動與滿足，對吧？」

楊允程點點頭，看著周曉霖，說：「周曉霖，妳真邪惡！」

「幹嘛這樣說？」

周曉霖完全不懂她分析食物的價值感，為什麼是件邪惡的事。

「妳老實說，妳是不是想回老家去，所以刻意講那些我們回憶中的好味道，想要挑起我的鄉愁？」

「你神經病啊！我挑起你的鄉愁做什麼？」

「引誘我回去吃啊！」楊允程眼睛突然閃亮亮，「妳知道我一定不會拋下妳，自己一個人衝回去吃，所以故意跟我講到那些家鄉美食，我就能順便載妳回家去，對吧？」

「你真的想太多。」周曉霖瞪了他一眼，「現在高鐵多方便，我要回家就直接坐車回去，幹嘛還要你載？一個人多自由自在，不用敲時間約見面、花時間等人，生命都浪費在等來等去上頭了。」

「女孩子這麼獨立，真是不可愛。」楊允程嘆了口氣，說。

「女孩子太依賴，才真的是件麻煩事呢。」她馬上出言反駁。

「我喜歡被我喜歡的女孩子依賴，那會讓我感覺自己很重要。」

「幸好，我不是你喜歡的女孩子，你可以省了這個麻煩。」

「妳……唉，算了。」

「幹嘛欲言又止？起個頭又不把話說完最討人厭了，純粹是想勾起別人的好奇心，居心不良！」

「哈！勾起妳的好奇心了嗎？」楊允程露出頑皮的笑意。

「當然。」周曉霖也不隱瞞，伸長了腿，順便抬高手伸伸懶腰。坐了一天的辦公室，骨頭都快坐懶了，但她的眼睛還是直勾勾的看著楊允程。

「要是我偏不說呢，怎樣？」

「一定要這麼幼稚？」

「對啊，就是要這麼頑皮又幼稚呀！怎樣？」

「非常欠扁。」周曉霖憋住笑，維持臉上一貫的淡定表情，正經八百的說：「不過，我可以更幼稚喔！」

「哦，真的？」這回換楊允程好奇了，他轉過頭來，看著周曉霖的眼神裡漾著微微亮光和淡淡笑意。「怎麼個幼稚法？」

周曉霖把左手食指跟右手食指的指尖碰連在一起，兩手平舉到楊允程面前。

「幹嘛？」他一時反應不過來。

「切八段。」周曉霖還是一本正經。

楊允程沒玩過這遊戲，男生之間根本就不流行這個，他們喜歡一個人跟討厭一個人都是沒有絕對的。在他們的朋友圈裡，可以四海皆兄弟，可以吃喝玩鬧無芥蒂，雖然能聊心事的哥兒們就固定那幾個，但是對男孩子來說，跟誰都可以友好，就算吵架，也能用一場籃球賽來化解、和好。

所以他們沒有切過什麼八段，也沒有誰跟誰真的絕交過。

「那是什麼？」楊允程露出無法理解的表情。

「騙人的吧！你不知道？」周曉霖則是一臉不可思議。

楊允程老實搖頭。

「國小時，如果我們跟同學吵架，就會舉起手說要切八段，切完就等於絕交了。不過小孩子都很單純，雖然說要絕交，也切八段了，但常常都是上一節下課吵架，下一節下課就馬上忘記那些不愉快，又玩在一起。」

「那妳還要跟我切八段？不覺得白費力氣嗎？」

「什麼意思？」

「因為等天一亮，我就會馬上忘記今天跟妳切八段的事啦！妳不是老說我幼稚，心智年齡大概只有八歲嗎？八歲心智的我是不會跟妳這種大人記仇的啦。」

周曉霖無言了……

楊允程無藥可救的樂觀性格根本就跟李孟奕如出一轍，難怪這兩個人國中時可以那麼麻吉。

她看了看窗外的夜晚景色，一時間思緒移轉，又想起了李孟奕……這時間，李孟奕下班了嗎？吃過飯了嗎？還是不是常鬧胃痛？會不會偶爾……想起她？

思念，是最多愁善感的病症，而且，無藥可醫。

思念，是最多愁善感的病症，而且無藥可醫。

聽說，他們剛分手那段時間，李孟奕地毯式搜索般的尋找過她，日以繼夜，無時無刻。

她於是不敢回老家，就連過年期間也想盡辦法，找一大堆說詞向父親說謊，拖延回家的時間。

許維婷說，那段日子，李孟奕簡直像個瘋子，老纏著她追問周曉霖的消息，有幾次還在她面前哭了。

每次聽許維婷說起他，周曉霖總是哭，哭得上氣不接下氣。

許維婷問她，「既然那麼愛，為什麼要分開？」

她無法回答，因為答案太傷人，而她已經傷痕累累，不想再回想當初離開的原因，怕淚汩汩流出的不只是臉上的淚，還有心裡的酸楚。

一直到分開後幾個月，周曉霖才向她坦承，「因為他媽媽不喜歡我。」

許維婷錯愕，口無遮攔地嚷道：「這什麼鬼八點檔的爛梗啊？他媽媽不喜歡妳又怎樣？我看妳爸也未必會接受他啊！妳搞清楚，今天是因為妳跟他互相喜歡才在一起的，干他媽媽屁事？噢……我真的要被妳氣到吐血了！都什麼時代了，妳還在搞父母親反對，然後年輕人就含淚分手、祝福你更幸福的戲碼啊？喜歡就要堅持啊！大不了妳就直接嗆回去，跟他媽說：『妳先去說服妳兒子主動來跟我提分手，否則免談。』周曉霖，妳面對感情的時候可以不要這麼窩囊嗎？勇敢一點可以嗎？學學人家李孟奕，他為了喜歡妳，做了多少改變跟努力，跟他比起來，妳真的付出太少了……」

許維婷生起氣來，嘴巴就像機關槍一樣，霹靂啪啦的一大串，讓你連插嘴的機會都沒有。

「可是我沒有辦法不在乎他媽媽的眼光。」

周曉霖就是臉皮薄、自尊心又強，性格裡有「寧為玉碎，不為瓦全」固執。

「她到底跟妳說了什麼？」

「她說……李孟奕是含著金湯匙出生的，又有一個美好的前景與未來，他條件那麼好，不是我這樣的女生可以隨便高攀，還說如果我跟他堅持要在一起，她一定會想辦法拆散我們。她知道我爸在哪裡上班，我爸的老闆她也認識，如果我不主動提分手，她會找我爸的老闆聊一聊……許維婷，妳說，如果妳是我，妳要怎麼辦？我沒辦法讓我爸為我受任何委屈啊……」周曉霖說著說著，眼淚又開始潰堤。

有些事、有些傷，並不會因為時間的流逝而有所稍減，反而會盤根錯節盤踞在心頭，釀成深沉的痛。於是，每每提起時，心，總免不了陣陣抽痛。

楊允程的車子才剛停在周曉霖住的大樓樓下，她的手機就響了。

從包包裡翻出手機要接時，楊允程還在一旁搞笑的說：「喂，妳不要跟我說妳的房子裡其實藏了一個男人，而十點是妳的門禁時間，他正打電話來提醒妳十點快到了，請趕快回家。」

周曉霖面無表情的回了他一句，「你很無聊耶，是許維婷啦！」

話。

她一手按下通話鍵，一手開車門，跟楊允程揮個手，關上車門後，才開始跟許維婷通話。

「喂，幫我跟許維婷問聲好喔！」

臨走前，楊允程突然搖下車窗朝周曉霖大吼，吼完又咧開嘴笑著，像個單純無害的大男孩，看著周曉霖轉過身來瞪著他的漂亮臉孔。

其實不用周曉霖轉達，楊允程的聲音早就透過手機傳到許維婷那頭，她完全無縫接軌的聽到了他的問候。

「誰啊？」許維婷好奇的問。

「還能是誰？當然是楊允程那個笨蛋啊。」

周曉霖完全拿他沒轍，這個人根本不按牌理出牌，跟他在一起，她常懷疑自己可能下一秒就會崩潰了。她老是無力招架他突如其來的驚人之舉，疑惑他為什麼可以想出那麼多嚇人的招數。

「他在哪裡？」許維婷的聲音突然興奮起來，「叫他等一下，我們一起吃消夜嘛。」

「我們才剛吃完晚餐回來，哪還吃得下消夜啊。」周曉霖有些哀怨，她的胃還因為晚上那些湘菜而灼熱的燃燒著呢。「況且妳人在新竹，我們怎麼一起吃消夜？難道用視訊看著彼此吃？」

「誰說我還在新竹？」下一秒，許維婷的身影突然從管理室閃出來，手上提著一大袋東西，笑嘻嘻的朝周曉霖的方向看過來，說：「我早就到台北啦，還買了妳最喜歡的煙燻鴨來呢。」

周曉霖又驚又喜，看著許維婷背光的身形，朝手機那頭抱怨著，「怎麼來了也不說？早知道妳要來，我就推掉楊允程的邀約。我好久沒跟妳一起吃飯了呢。」

「我這不是來了？」許維婷的聲音漫著笑意，「啊，不聊了，我要追一個人先。」

語落，周曉霖就看到許維婷邁開腳步，大步的往楊允程停車的方向奔過去。楊允程的車正緩緩地往前滑行，看樣子是在找時間點切進車道。運動細胞向來就好，腳程又快到差點加入學校田徑隊的許維婷，就算穿著高跟鞋，依然旁若無阻的跑到楊允程的車旁，不要命的敲他的車窗。

後來三個人一起來到周曉霖租賃的樓層，坐在客廳裡吃許維婷買來的消夜。

「妳根本就是女中豪傑啊！」楊允程一面啃著煙燻鴨翅，明褒暗貶的對許維婷說：「瘋狂起來簡直連命都可以不要的。」

「哪有人像妳這樣追車的？」現在想起來，周曉霖也覺得許維婷追車的行徑太危險。

「萬一楊允程加足馬力往前衝，妳不就追到馬路上去了？這樣多危險！」

「想跟我一起吃消夜也不用把命都賭進去吧！還好我有預感今晚會有美女找我飲酒聊

天，所以才沒加足油門衝出去。」

楊允程笑得一臉虛榮，彷彿自己是萬人崇拜的偶像一般。

「屁啦你！」許維婷一腳踢過去，卻被對方眼明手快的閃過，她完全不顧淑女形象的咬著鴨肉說道：「最好你的預感有這麼神準。」

「喂，許小姐，形象啊！妳還穿著裙子呢！」楊允程提醒她。

「我一出娘胎就被家裡人當男生養，哪還顧得上什麼形象啊、淑女氣質這一類矯情的東西！穿裙子也是迫於無奈，誰叫我們公司規定女生得穿裙裝，要是可以自己選擇，我也想穿褲子上班啊！」

「對對對，最好再剪個清爽的男生頭，這樣洗頭都不用吹整，毛巾隨便擦一擦就乾了，省時又省力。」楊允程笑著接口。

「你真了解！」許維婷頗有「英雄所見略同」的感慨，用她那隻抓過鴨肉的油膩右手，朝楊允程的肩膀豪氣地拍下去，說：「楊允程，如果我是男的，肯定跟你結拜，交你這個朋友，死而無憾。」

楊允程可不這麼想，他瞄了一眼自己衣服上那道明顯的油膩手印，忍不住哀嚎，「喂，我這件襯衫是 Giorgio Armani 的，很貴耶！」

「再怎麼貴也不會比我跟你的友情值錢啊。」許維婷不以為意，又抓了一支鴨翅遞給楊允程，「喏，看在我們是朋友的份上，我把另一支鴨翅給你啦！別太感謝我。」

「我這件衣服真的很貴啊……」

「別叫了，不過就是件衣服嘛！」許維婷受不了的皺皺眉，「大不了你脫下來，我幫你手洗。」

「不行！」楊允程一聽她的提議，馬上拒絕，「這件衣服得送到洗衣店乾洗。」

「幹嘛買這麼麻煩的衣服？還乾洗咧！你確定洗衣店真的是把你這件『貴到嚇死人』的衣服乾洗了？說不定他們也只是把它放到水裡去搓一搓，再把它燙平而已。」

「人家才沒妳講的那麼邪惡。」

「商人重利，無奸不商啊。」

「不過就是件需要乾洗的衣服，妳也可以扯那麼遠。」楊允程受不了的瞟了許維婷一眼，順手把桌上的啤酒遞到她手上，說：「喝啦，別說那麼多了，講這麼多話，不渴嗎？」

周曉霖在一旁啃著鴨肉，微笑的看著眼前這一對活寶逗嘴，心裡莫名有股失落情緒。

要是……李孟奕也在，那就好了……

偶爾會失落，偶爾會心痛，於是，大部分的時間，我都用眼淚來想念。

有好長一段時間，李孟奕天天出現在周曉霖的夢境裡，猶如鬼魅，日日糾纏。

夢裡的時光停留在他們最快樂的那個時候。李孟奕溫暖的笑意、李孟奕呼喚她的溫柔嗓音、李孟奕走路時總習慣跟她十指交纏的熟悉掌心、李孟奕抱緊她說要一輩子守護她的堅定眼神、李孟奕摸著她的頭說「周曉霖，妳別擔心，有我在」的穩篤神態……那些她失去的最美好的，曾經。

總在快要甦醒時，周曉霖會意識到，這只是一場美麗的夢，她拚命逃避清醒，努力讓自己不要那麼快醒過來。

但是，天總是會亮，夢，總是會消失。

醒來時，眼淚無法控制，彷彿一場哀悼的儀式，日復一日。

那段日子，就連呼吸，也能感覺胸口沉甸甸的痛，像被什麼壓住一樣。

比死還痛苦的生活著，曾經令周曉霖失去求生意志。

可是她惦記著南部的父親，她告訴自己，再怎麼難過，也絕不能讓父親傷心。

於是，她撐過來了。

雖然辛苦，但她終究還是一步一步的走過來了。

夜裡，周曉霖的腹部突然急遽的疼痛起來，她掙扎著下床，扶著牆慢慢的走，想著：該不會是晚上那些辣死人的湘菜在肚子裡翻騰作怪吧？說不定去上廁所會好一點。

她以極緩慢的步伐走到廁所門口，強忍著痛楚打開廁所門，但門才推開一半，右腹就已經痛到讓她再也站立不住，廁所的門板在她放手後，因為過猛的推力，硬生生的撞上浴室內牆，發出很大的撞擊聲，吵醒跟她同房的許維婷。

「周曉霖，妳怎麼了？」許維婷揉著眼走過來，看到跌坐在地上的周曉霖時，睡意瞬間全消，她衝過來扶起周曉霖，緊張的口吃著，「妳、妳、妳幹嘛啦？不、不、不要嚇我哇……」

而周曉霖已經痛到說不出話來了。

摸摸她滿頭汗的額頭，許維婷著急的叫嚷著，「啊，妳在發燒啦！怎麼會這樣？哎唷我的媽啊，我該怎麼辦啊……喔，對對，楊允程……我找他，周曉霖妳等等，我先找楊允程過來……」

說完，許維婷把周曉霖扶靠在牆上，轉身衝到床邊，抓起她的手機又跑回來，眼睛盯著手機上的通訊錄，快速搜尋楊允程的電話。

周曉霖一手撐在地板上，一手摀著自己的右腹，看著行動已經沒有亂了方寸的許維婷，忍著痛，一字一句，清晰而緩慢的說：「……先……幫我叫……救護……車……」

聽她一說，許維婷這才突然像清醒過來一般的跳起來，叫著，「啊，對喔！救護車……救護車……」她慌亂的按著手機，幾秒鐘後，又忍不住用飽含哭腔的嗓音嚷嚷，「天哪……救護車要打幾號……」

周曉霖實在很想笑，可是她痛到根本笑不出來，虛弱的聲音從她口中輕輕吐出，「一一九。」

「噢！對對對，一一九、一一九……」

許維婷的手顫抖著，試了好幾次，才終於順利按完那三碼數字鍵，撥出電話。

事後，許維婷被楊允程取笑了好幾次，說她「成事不足，敗事有餘」，看不出來平常那麼豪邁的一個女孩子，一遇到事，居然會緊張到六神無主。

周曉霖當夜被送到急診室，檢查的結果是急性闌尾炎，醫生說要開刀治療，擔心如果不及時處理，引發腹膜炎就麻煩了。

因為已經痛到想叫醫生乾脆一掌劈昏她的程度，所以當醫生提出要開刀治療時，周曉霖只問了一句，「開完刀就不會痛了嗎？」

「基本上是這樣子的。」

「那開吧。」

於是她被推進開刀房，而楊允程跟許維婷則在開刀房外等著。

手術進行得很順利，從恢復室出來，被推回到病房時，麻藥也逐漸消退。麻醉藥的後遺症有很多種，會依每個人的體質而呈現各種不一的狀況，有的人會不由自主的全身顫抖，有的人會發冷，有的人會嘔吐，也有人會昏昏欲睡……不過周曉霖卻什麼症狀也沒有，醒來時，她看到許維婷一雙眼骨碌碌的盯著自己時，居然還有力氣笑了笑，聲音虛弱的說：「妳還好吧？」

「一點都不好，」許維婷一臉快哭出來的表情，「妳快把我嚇死了。」

說完，她嘴一扁，眼眶真的紅了，眼淚就這麼跌出眼眶。一旁的楊允程受不了的從病床旁的小茶几上抽了幾張衛生紙，塞到許維婷的手裡，說：「緊張也哭，擔心也哭，現在人家順利開完刀了，妳還在哭，請問，這次又是哭什麼？」

「人家太……開心了嘛！」說完，許維婷把臉埋進自己的手掌心裡，抽抽噎噎起來。

「太開心也會哭喔？」楊允程忍不住咕噥著，「女人果然是全世界最麻煩的生物。」

「要……你管喔！」許維婷用楊允程給她的衛生紙擦了擦眼，又擤過鼻涕後，揚著微微鼻音的聲音，對他嗆聲，「你媽也是女人啊！再怎麼麻煩，你也是女人生下來的麻煩產物啊！你媽把你從小拉拔到大，都不嫌你麻煩了，你還敢嫌我們麻煩？有沒有良心啊你！」

「那又不一樣！」楊允程不服氣的反駁，「妳怎麼能跟我媽比啊！」

周曉霖微笑著看著他們兩人，心想：偶爾，讓自己的世界裡吵鬧一點，好像也是件幸福的事。

主治醫師來巡房時，已經是中午過後的事了。他走進來時，身旁還跟了兩名護理師。是個年輕的醫生，看上去年紀跟周曉霖差不多大。

「還好嗎？」主治醫師戴著口罩，溫柔的聲音透過口罩傳出來。

周曉霖覺得這個醫師的眼睛看起來有點眼熟，卻想不起來到底是在哪裡看過他。

後來她認為自己可能想得太多了。幾個小時前，也就是這位醫師幫她開的刀，在麻醉發作之前，她確實跟他有過一些短暫的接觸，包括他幫她做檢查、跟她討論治療方案，印象可能是那時留下的。

「還好，」周曉霖勉強的笑了笑，誠實回答，「就是傷口有些痛。」

「那是正常的。」主治醫生的聲音帶著笑，「如果真的很痛，那要不要我請護理師在妳的點滴裡加點止痛劑？」

周曉霖搖搖頭，「沒關係，我覺得我還可以忍耐。」

「真的？」醫生笑出聲來，「不要太勉強喔，真的很痛就要說。」

「好。」周曉霖認真的點頭。

「那妳好好休息，有什麼狀況，馬上按鈴請護理師過來幫忙。明天我再來看妳。」

醫生的口吻溫煦，彷彿他們是認識極久的朋友一般，周曉霖微笑點頭，就在醫生轉身的那一瞬間，她瞄到他掛在胸口的名牌，上面貼著醫生的照片，寫著他的名字——胡禹承。

胡禹承……胡禹承……這名字怎麼這麼熟悉？

胡禹承……胡禹承……她好像在哪裡聽過這名字！

胡禹承……胡禹承……哎呀！她是不是老了？為什麼忘記的速度就是比記住的還要快？

胡禹承……她到底是在哪裡聽過這名字啊！不對，她應該也見過他才對，他講話的語氣、他的眼神、他笑起來時瞇著眼的樣子……她都有那麼一點印象啊！

到底是在哪裡呢？

耳畔斷斷續續傳來許維婷的聲音，她卻還在努力回想「胡禹承」這三個字到底是在哪裡聽過……

後來是許維婷受不了的搖晃周曉霖的手臂才喚回她的思緒。只見許維婷不滿的說：

「都叫了妳五次了，妳到底是在神遊什麼？」

「啊？」周曉霖狐疑的瞪大眼，一臉不解的看著對方。

「我是想問妳啊……」才剛要開口接續剛才的話題，周曉霖突然神情大變，腦裡一陣刀光劍影，激動的反抓住許維婷的手，音量忍不住瞬間放大，「啊！他是李孟奕的室友啊！」

話語一落，瞬間一室的寂靜，聽見「李孟奕」這三個字，許維婷跟楊允程都不由得一怔，看著她的表情，宛如她是說出「佛地魔」這個禁忌名字的哈利．波特。

你的名字猶如我生命裡的禁區，在失去你之後，我便不敢再輕易提起，怕忍不住的悲傷會再度讓自己失去理智，奔向你。

跟李孟奕交往時，曾經，他帶她跟他的室友們一起出去吃過幾次飯。

李孟奕常會跟她提起他的室友，裡面有個叫作胡禹承的傢伙，跟他特別聊得來，喜歡一個人的方式也跟他格外相似。

「他女朋友是跟他從小一起長大的女生喔，他喜歡她好久了，不過一直到上大學才告白。怎麼樣？是不是跟我一樣膽小？」

「我跟你又不是從小一起長大的。」周曉霖窩在他懷裡笑著，「我們頂多只能算是國中同學啊。」

「國中也算啊！都是小屁孩的年紀。」李孟奕手面摸著周曉霖的頭髮，一面說：「胡禹承的女朋友叫孫洛英，是個很率性的傻大姊，有模特兒的好身材，曾經被雜誌社相中，拍了一些照片刊在雜誌上喔。」

周曉霖聞言好奇起來，轉頭盯著李孟奕，眼睛閃亮亮的，「那她一定很漂亮喔！」

李孟奕看著她那滿臉發光的神采，忍不住低下頭，飛快在她唇上留下一個印記，「胡禹承說，她是全世界最漂亮的女生。」

「哇，好想看看她到底長什麼樣子喔。」周曉霖羨慕的問：「你有沒有看過她？」

「有啊，」李孟奕點頭，「她第一次去雜誌社拍照時，我們還怕她被騙，都跟著陪她去了呢。」

「是不是真的很漂亮？」

「沒妳漂亮。」看見周曉霖露出抗議的表情時，李孟奕捧起她的臉，在她的額上印下一記吻，他說：「對我來說，妳才是這個世界上最美好的存在。」

後來有一次，周曉霖跟著李孟奕和胡禹承他們吃飯時，孫洛英也來了。

那是周曉霖第一次看到傳說中的孫洛英，她果然像胡禹承說的那樣，是非常漂亮的女生，但那種漂亮不是嬌滴滴、需要人保護的柔弱美，而是十分陽光、爽朗又豪氣的漂亮。周曉霖見到她的第一眼，就十分喜歡眼前這個女生。

那次的餐會，兩個女生因為不想聽醫學院的男生們講那些嚴肅的醫界話題，所以私下聊了起來，一聊才發現原來兩個人可以聊得這麼投契，頗有相見恨晚的遺憾。

之後，他們又一起出去過兩次，那兩次，孫洛英都有到場，兩個女生就像認識已久的朋友一樣，自顧自的坐在一起聊天，互相幫彼此夾菜，完全不理會其他幾個臭男生，對他們調侃「妳們兩個這樣真像是一對情侶」之類的玩笑話也不以為意。

所以周曉霖對孫洛英的印象，反而比對胡禹承的印象還要深。

只可惜那時沒留下孫洛英的聯絡電話，所以跟李孟奕分手後，也斷了跟她們曾經的友好關係。

「誰是李孟奕的同學？」楊允程不解的問。

「那個胡醫師。」周曉霖回答。

「啊，妳怎麼知道？」

「以前跟李孟奕還在一起時，大家有出去見過幾次。」

「真尷尬，」許維婷搔搔頭，言不及義，「被前男友的同學看光自己的身體……」

一記爆栗馬上就從許維婷的頭上炸開來，她摸著頭，不滿的回頭瞪著掄著拳頭的楊允程，語氣惡劣的質問：「幹嘛啦？」

「老講這些沒營養的話！」楊允程也瞪回去，不甘示弱。「人家開刀時，上身有用衣服遮著啦，又不是裸體。」

「是嗎？」許維婷的語氣馬上弱了下去，摸摸剛才被楊允程暴力敲擊的地方，委曲的說：「我以為開刀的人都是脫光光進去的……」

「沒常識就多看電視！」

「電視上就是這麼演的啊。」

「屁啦！」

「真的嘛！」許維婷澄清，「我就是被電視誤導的啊。」

「那種沒有專業素質的電視台，我建議妳以後可以直接放棄不要看了。沒常識已經很可憐了，還被導入白癡的境界，妳的人生可以再悲慘一點啊。」

被楊允程如此挖苦，許維婷更哀怨了。

但沒多久，她抬起頭，君子報仇般的說：「難怪你一直到現在還單身，這麼毒舌，女生光聽你講話就直接想退避三舍，誰還敢跟你交往！」

「彼此彼此，」楊允程可不是省油的燈，他笑裡藏刀，「也沒有男人願意跟白癡交往啊，所以妳才會到現在還沒個伴。男人的目光也是雪亮的！」

許維婷決定不再跟楊允程講話了。

住院手續是楊允程跟許維婷幫她辦好的，那時剛好有一間單人病房還空著，楊允程二話不說就決定讓周曉霖住進去。

他的理由是，單人病房比較安靜，尤其許維婷那麼吵，如果住健保房或雙人房，她那張聒噪的嘴一定會引來隔壁床的病患向醫護站按鈴申訴。

之後，跟開完刀的周曉霖討論一番，他們決定不把她開刀的事告訴她父親。

「我不想讓他擔心。」周曉霖有些憂心的說：「不是多嚴重的病，如果讓他知道了，一定會衝上台北，我爸的膝蓋不好，我不想讓他這樣跑來跑去的。」

楊允程跟許維婷完全尊重她的決定。

傍晚，已經餓了一天的周曉霖終於順利排氣。

「排氣」是意謂著：她終於可以進食了。

「要吃什麼？」

許維婷比她還興奮，其實是她自己也餓了，中午因為周曉霖還不能吃東西，害得買便當回來的許維婷也不敢大口吃肉，隨便挖了幾口飯就收起來。在不能吃東西的周曉霖面前吃飯，讓許維婷有很深的罪惡感。

但楊允程就完全沒有這方面的困擾，一下子就輕鬆的解決掉便當，還在兩個女生面前不顧形象的打了個飽嗝。

「單細胞生物就是有這點好處，可以享受沒有神經的幸福感。」許維婷不留情面的直接挖苦他。

楊允程也不以為意，躺在沙發上，說了句「吃飽睡覺最幸福」。沒多久，就真的呼呼大睡了。

在他睡著後，許維婷偷偷在周曉霖面前說了他好多壞話，雖然他都沒聽到，不過許維婷發洩過後，多少也平衡了一點心裡的不滿。

「醫生好像說妳不能吃太刺激的東西。」許維婷抓抓頭，無限苦惱的說。

「大概只能喝點流質的……稀飯算不算流質食物？」楊允程提供意見。

「不知道。」許維婷搖頭。

「吐司不知道可不可以？以前我生病拉肚子時，我媽都只給我吃白吐司。」楊允程又補充，「我那時覺得白吐司真萬用，生病一定要吃它！」

「神經病！」許維婷忍不住白了他一眼。「哪裡來的錯誤印象？」

正當兩個人又像孩子一樣吵起來時，外頭有人敲門，只是眼前這兩個人吵得太激烈，整間房裡都是他們的聲音，根本就沒人聽見敲門聲。

之後，門被推開了。

開門的聲響讓這兩個人同時停住嘴，回頭。

看清從門口走進來的訪客是誰，周曉霖三人頓時睜大了眼。

空氣彷彿瞬間凝結了一般，安靜的氛圍裡，有微妙的尷尬。

半晌，楊允程率先反應過來，他走向對方，展開笑顏，用力的抱了對方一下，說：

「好久不見啊！李孟奕。」

好久不見！李孟奕。

周曉霖記得，在很久以前的一個晚上，她跟李孟奕吃完晚餐，一起到附近的公園散步，公園不大，所以他們繞著公園外圍，一圈一圈的走著。

周曉霖的手被李孟奕緊緊圈握著，她舉起他們兩人交握的手，伸到自己嘴邊，在李孟奕的手背上親了親。

「我們會一直這麼幸福下去嗎？」周曉霖看著李孟奕，翦翦黑瞳裡，波光流轉。

「當然會。」李孟奕口吻堅定的回答她。

「萬一我們有一天分開了呢？」女孩的心裡總是藏有太多的不確定性。幸福總讓人覺得太不可思議，擔心這一切美好只是為了日後的分離做完美鋪陳。

「不會有那一天的。」

「我是說……萬一。」

「那我會去把妳找回來。」

「天涯海角？」

李孟奕肯定的點頭，「不計成本、不論時間。」

那天夜裡，周曉霖睡著之後，李孟奕走到她的床前，撥開她散落在臉上的髮絲，在她的額上印下深深的一個吻。

「我不會讓妳離開我的，如果有一天，我們真的分開了，就算翻天覆地，我也要把妳找回來。」

然而，有些深情的告白，他說了，她卻未必聽得到。

周曉霖感覺自己的身體正在顫抖，她不明白，為什麼李孟奕會出現在這裡。

李孟奕捶了捶楊允程的肩窩，就像他們以前常做的那樣，沒有任何隔閡般的對彼此笑著。

「聽說你最近混得很好？當大老闆了？」李孟奕的聲音還是周曉霖記憶裡的那個嗓音，溫柔的、帶著笑意的聲音。

「不過就是混口飯吃嘛，也不算混得好，你知道的，現在帶人很簡單，但要帶到人心就很難了。」楊允程這完全是內心話。

李孟奕了解似的拍拍他的肩，說：「辛苦了！」

「找個時間一起吃頓飯，我請客！」楊允程說：「我們好久沒有好好聊一聊了，等等給我你的手機號碼。」

「好。」李孟奕也很爽快。

接著他看向許維婷，許維婷用一種如臨大敵的表情微笑著，臉上那笑容說有多僵就有多僵，一點都不自然。

楊允程知道她這些年來都對李孟奕說謊，誆稱自己根本就不知道周曉霖的近況，還說她跟周曉霖幾乎也斷了聯繫……現在，活生生的鐵證明明白白擺在眼前，這哪裡是斷了音訊的模樣？許維婷這下子慘了！

楊允程抱著看好戲的心態，冷眼旁觀。

「妳等等最好給我一個合理的解釋。」李孟奕臉上沒有任何慍色，語氣裡卻有不容輕忽的肅殺之氣。

許維婷打了個冷顫，企圖為自己辯解，但氣勢顯然微弱。

「事情不是像你想的那樣的，人家也是有苦衷的嘛……」

李孟奕一個眼神丟過去，許維婷馬上乖乖閉嘴，一副小媳婦模樣的扭著手指頭，裝出無辜表情，嘟著嘴，小聲的說：「死定了……」

楊允程沒心情跟許維婷抬摃，他一直好奇周曉霖跟李孟奕分手的原因，初初重逢周曉霖時，他也曾暗自慶幸她跟李孟奕斷了音訊。其實他還是有點喜歡她的，不然不會動不動就衝到她公司找她吃飯。一個男生會主動找一個女生吃飯聊天，絕對不是只單純因為他們是「同學」，更多的，是那些無法說出口的動心。

楊允程沒對周曉霖表白，是因為他怕她又像國中時那樣，再次被他嚇跑。人的年紀一旦大了，膽子就會變小。

他確實是這樣子的。

所以只好以好朋友的身分陪在她身邊。他沒想過要占有她，只期待有一天她會突然愛上自己。

但現在前男友再度登場，說明他的機會變得更加渺茫了。

周曉霖一臉緊張的神色，讓楊允程心裡五味雜陳，她，果然還是在乎李孟奕的。

儘管他們已經分開那麼久的時間，儘管她從來不曾在他面前提起李孟奕，儘管時光的河流不斷的沖蝕掉那些屬於她和李孟奕的美好曾經，但……有些人、有些事，卻是銘心一輩子，誰也取代不了的。

李孟奕走向周曉霖時，周曉霖覺得自己的頭突然一陣暈眩，她定定的看著眼前那個曾經讓她心痛到幾乎失去求生意志的人，感覺一切像作夢。

李孟奕變得更成熟了，眉宇之間有她才察覺得出來的滄桑。不再擁有年少時的稚氣，沉穩的氣質讓他變得比以前更迷人。

周曉霖眼眶微微發熱，她不能相信，曾經是她朝思暮盼的人，此時真的就站在她面前。

李孟奕看著她，什麼話也沒有說，周曉霖卻瞬間都懂了。

她懂得他心裡的激動，她懂得他眼底的喜悅，她懂得他沒說出口的心情。

那是一種默契，屬於她跟他的。

李孟奕把手上拿著的保溫提盒放到病床旁的桌子上，從裡面舀出一碗冒著熱氣的白粥，不忘對許維婷跟楊允程說：「這粥沒你們兩個人的份，只有病人才有這福利，所以，請自行到地下室的餐飲區覓食。」

然後在許維婷一疊聲罵他「沒良心」、「重色輕友」、「朋友是這樣當的嗎？」的各種怨念聲中，李孟奕又對周曉霖說：「今天晚上妳先吃這個，腸子剛開始恢復工作，妳不要給它太大的負擔。」

明明是一句再平凡不過的話，但從李孟奕口中說出來，就覺得好專業、好窩心。

李孟奕也沒理會還在石化、完全沒辦法做任何反應的周曉霖會不會反對，自顧自的坐到她床邊，拿起湯匙舀起白粥，一小口一小口的吹涼，再餵到她嘴裡。

周曉霖完全沒有任何意識的配合著李孟奕的舉動，他餵，她就吃，他吹涼，她就乖乖的等著。

彷彿他們還是一對戀人，身為男朋友的他正細心的照顧自己生病的女朋友，完全沒有違和感。

楊允程看著，心裡有一點不舒服，他轉過頭，想避開那令他心痛的畫面，一轉頭，卻看到許維婷傻楞楞的模樣，一瞬也不瞬的盯著周曉霖他們看。

楊允程走過去，推推她，湊在耳邊說：「走了啦！人家主角重逢，我們這些配角該退場了吧。

「可是我還想看啊。」許維婷一動也不動。

「看什麼？」

「看李孟奕會不會親周曉霖……」她直言不諱，「電視都這麼演的。」

「別這麼無聊……」楊允程拉著許維婷，不由分說的就把她拉出病房。

他並沒有那麼好心，想把空間留給這對久別重逢的老情人，只是他的心臟沒有那麼強，可以忍受自己喜歡的女生，用眷戀的眼神看著另一個男人。

所以他只能選擇逃避，畢竟他從來就不是她故事裡的主角。

走出病房，許維婷走在楊允程身旁，安安靜靜的，一點也不像平時那樣張牙舞爪的。宛如變了一個人的她，讓楊允程不大能適應。

「在想什麼？」

兩個人並肩而行，沒有方向與目的，就只是順著醫院長廊走著。

「其實那兩個人還是很喜歡對方的。」許維婷覺得有些遺憾，吐了一口長氣，「可是這個世界就是這樣，相愛的人總是沒辦法走到永遠。」

那老氣橫秋的語氣讓楊允程突然很想笑，沖淡了一些心裡的不暢快。他看著她，笑著問：「這是妳的經驗談？」

許維婷一個眼神殺過來，毫不淑女的回答，「屁啦！本姑娘心花還沒為任何人盛開過，哪來的經驗？」

「看妳講得煞有其事，我以為是勾起妳的傷心往事了。」

「雖然我還沒有任何戀愛經驗，但那不代表我不懂得別人的戀愛心情喔。」許維婷突然一個大跨步，站到楊允程面前，突然其來的大動作嚇得他連忙停住腳，以免不小心撞到對方，但臉色怎麼樣也好不起來，他微惱的瞪視著她。

「其實你……是喜歡周曉霖的，對吧？」

喜歡一個人，眼神跟心跳是最誠實、最騙不了人的。

人的腦容量到底能有多大呢？

周曉霖不知道答案，她曾經問過李孟奕，李孟奕回答了一堆她無法理解的醫學專業術語。

「我聽不懂。」周曉霖誠實承認。

「簡單來說，有一種說法認為，腦容量大的大腦擁有更多的神經細胞和神經連線，處理訊息的速度會更快一些，所以人家才會說，頭大的人比較聰明，大概是因為頭大的人腦部容量比一般人大。」

周曉霖茫然的看著李孟奕。

李孟奕看著她那副呆呆傻傻的可愛模樣，最後笑出來，摸摸她的頭，寵溺地問：「不懂？」

周曉霖用力點頭，「完全聽不懂。」

「好！這不是重點。」李孟奕還是笑得溫柔，他知道周曉霖的問題重點一定不在腦部的大小跟密度，所以直接切入重點，「妳想問的是什麼？」

「腦容量大的人，記憶力會不會好一點？」

「按照先前我說的那派說法，答案是——可能會。」

「那記憶力好的人，是不是以後得到失智症的機率比較低？」

「不能這樣說，這跟遺傳也有關。」

「那你家有沒有這樣子的遺傳？」

李孟奕認真的想了一下，說：「好像有。我曾祖母去世的前兩年曾被診斷出罹患了失智症，所以到最後，她連我爸都不認得了……她以前最疼我爸了。」

「那你以後老了，會不會也……慢慢忘了我？」

周曉霖皺著眉，一臉煩惱的表情，看起來超萌的，讓李孟奕忍不住想用嘴唇偷襲她的臉頰。

「不會。」李孟奕斬釘截鐵的回答。「曾經用生命愛過的人，無論如何都不會忘記的！就算我忘了站在我眼前的妳，但妳就在我腦裡、心裡、記憶裡啊！只要曾經深愛過，就一定會有記憶，有的時候不是忘記了，只是突然記不起來而已，總有一天，還是會再想起來的……」

李孟奕坐在面前，一口一口餵自己吃白粥的畫面，讓周曉霖心裡有種微妙的奇異感受。

她從來沒有想過，有生之年，還會有這麼一天。

周曉霖不敢直視李孟奕，只能趁他低頭吹涼白粥的片刻，偷偷的窺視他。李孟奕他啊……還是原來的那個樣子！濃濃的眉、深邃的眼、直挺的鼻梁、總是輕抿著，偶爾會微微上揚的雙唇、堅毅的臉龐……他彷彿還是她記憶裡的那個李孟奕，只是，他的眼角旁刻畫了幾條細微的歲月痕跡，他眼底藏著只有她才看得懂的淒楚。

這些年，他或許過得也不算太好！

這麼一想，周曉霖的眼裡突然一陣熱浪來襲，她努力的睜大眼，不讓眼裡的水氣凝聚，墜落成雨。

李孟奕的手正忙碌著，沒辦法分心，所以沒看到她那陣一閃而逝的悲淒。周曉霖慶幸他沒看見……有些事，他還是別知道得好，她總是對他追根究底的求知精神無力招架。

粥的溫度剛好，味道也還不錯。

以前在一起的時候，李孟奕本來是不喜歡吃白粥的。

「小時候，我們家有請一個廚師專門來煮三餐，我爸那老古板很堅持早餐就是要吃粥，尤其還指定要吃白粥，所以我簡直吃到怕。」

李孟奕那時是這麼回答她的。

從那時候起，周曉霖都會在白粥裡加一點鹽巴，讓白粥有一點點味道，想不到李孟奕一吃就愛上她煮的白粥，如果再煎個蔥花蛋，他一早上就能直接吃三大碗。

周曉霖告訴過他，在白粥裡加點鹽，讓粥有點鹹味，吃起來也就不會那麼膩了。

李孟奕應該是把她的話聽進心裡去了，所以才會如法泡製，用她教他的方式煮了這麼一鍋粥來。

周曉霖吃光了滿滿一碗粥，李孟奕滿意的笑了笑，說：「今天先吃這樣就好，腸子剛重新開工，不要給它太大壓力。」

李孟奕變得幽默多了。

周曉霖想，這也許是當醫生的附帶專長，每天要面對那麼多愁眉苦臉的病患，不幽默一點，患者要怎麼放鬆心情。

李孟奕站起來，把手上的餐具拿進浴室裡沖洗。病床上的她木然看著從浴室透出來的燈光，怎麼樣都無法相信眼前的情景是真實的。

她還沒從震驚中完全回過神來。

總覺得這一切恍惚得像一場夢。

李孟奕又走出來時，周曉霖還在神遊，他走到她面前，用手掌在她面前晃晃，笑著說話的樣子就像他們還在一起，從沒分開過。

「又發什麼呆？」他說，語調裡帶著笑意。

「呃……」周曉霖瞬間回神，轉頭看著李孟奕，接觸到他帶笑的眼神時，心臟突然揪緊了一下，有半秒鐘的窒息，「沒……沒有。」

李孟奕只是笑，看著她的眼神宛如烈火灼燒，周曉霖覺得自己全身都要滾燙起來了。

她找不到話題跟他聊，很怕聊著聊著，她會忍不住在他面前崩潰，把那些年分離後她獨吞的悲傷，全都在他眼前一洩而空。

「傷口痛嗎？」最後，還是李孟奕先找了話題。

他看起來神色自若，反倒是周曉霖在他面前顯得小心侷促多了！

周曉霖搖搖頭。

其實是很痛的，肚子上挨了一刀，腸子上也挨一刀，傷口在復原的時候，總是帶著一陣又一陣刮骨割肉般的刺痛。

「又在逞強了。」李孟奕看著她，語氣溫柔的慢慢說：「胡禹承說妳在忍痛，不讓護理師幫妳加止痛劑。」

「他幹嘛跟你說這個啊，我真的覺得我可以忍耐啊……」周曉霖微弱的抗議。

「他就是看不下去才跟我說的！周曉霖，我知道開完刀後的傷口有多痛，妳其實沒有必要這麼忍著。妳那麼怕痛的人，這種痛對妳來說，絕對不是小痛，妳為什麼要讓自己這麼辛苦？」

周曉霖沒回應，低頭看著自己緊抓住被單的雙手。

「所以妳……要不要考慮讓護理師在妳的點滴裡加一劑止痛針？」

周曉霖還是堅決的搖頭，說：「我真的覺得不需要啊。」

「好吧，那我不勉強妳。」

李孟奕妥協了，他知道周曉霖的脾氣，她就是那種說一不二的人，除非她願意被說服，否則就算是千軍萬馬，也拉不動她做的任何決定。

「但如果真的很痛，妳千萬不要硬撐，一定要告訴護理師，明白？」

周曉霖乖乖的點頭。

然後，李孟奕的手機抓準時機般的突然響起。他掏出手機，看了看手機螢幕，按下通話，邊講邊走到窗戶前，沒有刻意壓低音量，只用平常說話的語氣講著一些專業術語。聽起來，應該是他上班的醫院打來的電話。

周曉霖靜靜的看著他的背影，心裡想著，他有新女朋友了嗎？

這個問題實在太唐突，她根本不敢當面問他，再怎麼說，她都沒有詢問的資格。

當初堅持要分手的人是她，縱使有再多的不得已，分手就是分手了，他如果會恨她，也是當然的。

李孟奕這通電話講了快十分鐘才終於講完，他把手機塞進左邊上衣的口袋裡，轉身走向周曉霖。

「晚上誰留下來陪妳？」他問。

「許維婷。」

「她還可以。」李孟奕神色輕鬆的笑了笑，「千萬不要是楊允程那個色胚，他太危險了。」

一句話逗得周曉霖忍不住也跟著笑起來，她一笑，便扯動腹部的傷口，下一秒，她整張臉已經忍不住皺成一團了。

曾經用生命愛過的人，無論如何，是不可能會忘記的。

「很痛吧？」李孟奕看著她說話的語氣還是很平穩，但眉宇間有淺顯易見的擔憂，他問：「妳有沒有用束腹帶？」

周曉霖搖頭，李孟奕連忙出去買一條束腹帶回來。

回來後，他技巧純熟的把束腹帶纏在周曉霖的腹部。周曉霖緊張到有幾次屏住呼吸，尤其當李孟奕的手指頭不小心碰觸到她的身體時，她感覺自己簡直要窒息了。

「固定住傷口，這樣妳笑或咳嗽的時候，才不會拉扯到腹部傷口，可以減輕一點疼痛。」

李孟奕講得很專業，就像一名醫生對病患的叮嚀，但周曉霖卻因為他的靠近而感到氧氣不足、呼吸困難。

之後，李孟奕的電話又響了好幾次，每一次他都走到窗邊講電話，照例用周曉霖聽不懂的專業術語和電話那頭的人討論著。周曉霖依稀能聽得出來，他們是在研討一位病患的病症。

「那個……如果你忙，先走沒關係，許維婷他們應該馬上就回來了。」掙扎了好久，周曉霖終於在李孟奕講完第四通電話後，小小聲的向他建議。

李孟奕頓了頓，隨即淡淡揚起笑，「這麼快就在下逐客令啦？」

「我不是……那個意思。」周曉霖本來急著想否認，但一激動傷口就痛，最後聲音轉弱下來，「我看你好像很忙。」

「學弟的一個病患出現呼吸窘迫的狀況，他打電話來跟我討論處置方式。」李孟奕向來對周曉霖誠實，他毫不隱瞞的回答她，「晚點我可能要回醫院一趟，看一下病患的片子，協助學弟處理。」

周曉霖突然覺得有點感動，李孟奕還是跟以前一樣，擁有一顆熱情又柔軟的心，總不忘把別人的事情擺在自己的事情前面……他沒變，依然是她記憶裡的那個人。

沒多久，許維婷跟楊允程回來了，手上都拿著杯裝咖啡，楊允程把左手的咖啡遞給李孟奕。

「我不喝咖啡了。」李孟奕搖搖手，笑著，「現在我都喝白開水比較多，而且喝咖啡晚上精神太亢奮會睡不著。明天早上我還有兩台刀，今天晚上的睡眠對我很重要，所以……不好意思啦！下次我請你們吃飯當賠罪。」

周曉霖記得李孟奕以前是喜歡喝咖啡的，尤其是遇到夜讀應戰學校期中、期末考的時候，他總是喝咖啡提神。

李孟奕又跟他們閒聊了幾句才離開。

「明天我再來。」走向門口時，李孟奕用一種再自然不過的語氣說著，彷彿天經地義般，「還有，許維婷，周曉霖她才剛開過刀，妳不要亂出什麼餿主意餵她吃一些亂七八糟的東西啊！明天早上還是給她吃稀一點的稀飯，中午也是，可以喝一點菜湯，但是要清淡的，明天晚上我會過來處理她的晚餐，聽明白了嗎？」

許維婷一聽馬上跳腳，哭喪著臉，「我去哪裡買稀飯啊？這裡又不是我的地盤，人生地不熟的……」

「不管！找也要找出來，再不然妳就去找之前口口聲聲說會跟妳永遠不離不棄的好朋友問一問啊。」

「誰啊？」許維婷抓抓頭，一臉懵懂，「我哪有什麼不離不棄的好朋友啊？」

「Google啊。」李孟奕丟下這句話，又罵了句「笨」後，就瀟灑地離開了。

「吼！當醫生的人都這麼任性又蠻橫嗎？」許維婷在李孟奕離開後，跳腳跳得更起勁了，「他又不是總裁系列的男主角，憑什麼這麼霸道？」

「什麼總裁系列的男主角？」楊允程一頭霧水，不解的看著她。

「哎呀，你不懂啦！你不知道總裁是言情小說界的不敗第一男主角嗎？總裁系列多受歡迎啊……哎哎，你不看那種小說，跟你說再多你還是不懂啊！別浪費我的唇舌了。」

這下換楊允程一臉不滿了。

夜裡，許維婷躺在病床旁那張家屬專用的簡易折疊床上，跟一樣還沒入睡的周曉霖有一搭沒一搭的聊著天。

「欸，周曉霖！今天李孟奕來的時候，妳有沒有嚇到？」

許維婷好奇的問，她轉頭看著周曉霖，微光下，只能看見周曉霖的臉部輪廓，看不見她臉上的表情。

「有啊。」周曉霖誠實的回答，「有好幾次，我簡直要懷疑我是不是已經快心臟衰竭了，尤其是他幫我弄束腹帶時，我缺氧缺得好嚴重，感覺好像快不能呼吸、心臟快停了一樣……」

「看來他對妳還是滿有影響力的嘛。」許維婷忍不住笑出聲。

周曉霖沒有出聲反駁，氣氛有片刻的凝滯。

周曉霖從來沒否認過李孟奕對她的影響力，他總能輕易操控她所有的喜樂與憂傷。

隔了半晌，許維婷又說：「不過我看他表現得好自然喔！就像是個老朋友，知道妳住院，也知道我們跟妳在一起，所以就過來看看我們，好像你們兩個人分開的那段時間從來沒有存在過一樣……是不是當上醫生的人都很超凡啊？該不會是看遍大風大浪，所以就算好不容易找到妳，還是能控制情緒，表現得這麼淡定？」

「或許是吧！」

周曉霖也很驚異於李孟奕的泰然。他以前明明是個喜怒形於色的男生，什麼心事都藏不住，總能讓周曉霖一眼就明瞭。

不過，或許真如許維婷說的，在醫院待久了，看遍人間生死，所以很多真性情都要收起來，為了給患者專業的形象與信任，只能選擇隱藏自己的情緒，用最淡然的方式面對病患和家屬。

「周曉霖，如果李孟奕又回頭追妳，妳會不會答應他？」

許維婷突然拋出這麼一個嗆辣的問題，周曉霖一時招架不住，傻在那裡。

「……我不知道。」

思忖了片刻，她只能這麼回答。

「不知道的意思就是……還有考慮的空間，對吧？因為妳沒有直接否決啊。」

許維婷撐起身體，坐起來，看著周曉霖，提議著，「如果李孟奕真的又回頭來追妳，我覺得妳不妨就大方接受吧！反正妳那麼喜歡他，就算他媽媽不喜歡妳也沒關係啊，妳是跟李孟奕在一起，又不是跟他媽媽在一起。而且依李孟奕現在這個樣子，大概會在北部定居，天高皇帝遠，他媽媽根本管不到你們，妳就不要把他媽媽納入妳的考慮範圍裡了，再說……妳爸也差不多要退休了，他媽媽應該沒辦法再拿妳爸來威脅妳了，對吧？」

周曉霖有的時候還滿羨慕許維婷，她過分樂觀的性格，總是能輕鬆、簡單地拆解周曉霖覺得複雜棘手的問題，分析出重點，給她解決方式的結論。

「但說不定李孟奕已經有喜歡的對象了，妳現在說這個根本沒有意義。」

「那我明天問問他。」

「呃……不好吧！這樣問，多尷尬啊……」儘管周曉霖也滿好奇的。

「雖然我跟他有一段時間沒聯絡了，但就我所知，自從你們分開後，他除了一開始的傷心失意之外，進入職場後，就一直很專注在工作上頭，是個標準的工作狂，根本就沒時間交女朋友。」許維婷頓了頓，又說：「所以，周曉霖同學，妳不覺得妳應該要對李孟奕同學負點責任嗎？」

「負什麼責任？」

「妳把人家從一個漂泊浪子變成專情鬼，從一個小混混變成工作狂，妳讓人家徹頭徹尾的為妳變了一個人，難道不用來個以身相許、以示負責嗎？」

「他什麼時候當過小混混了？」

「國中的時候啊！妳忘啦？還沒跟妳同班時，他跟楊允程那一掛人可是學校老師眼中的頭痛人物啊。」

對啊！李孟奕以前確實是個讓老師們頭痛的孩子，他曾說過，他會開始讀書是因為她。

「所以，周曉霖，喜歡一個人，不過就是件隨順心意自然而然的事嘛！妳想得愈多，困住的往往只會是自己……試著跟以前一樣吧！喜歡就去愛，開心就用力的笑，難過就大聲的哭，壓抑著，只是錯過本來該屬於妳的幸福。」

喜歡就去愛，開心就用力的笑，難過就大聲的哭，這是件再自然不過的事啊！

以前，李孟奕最喜歡吃周曉霖煎的牛排。

剛剛好的五分熟，搭配剛剛好的心情，等於剛剛好的幸福。

周曉霖原本並不是那麼喜歡牛肉的，但她願意為李孟奕改變，接受所有他喜歡的東西。

他們最喜歡在週末夜裡，關掉滿屋子的燈，倒兩杯紅酒，坐在租屋處的沙發上，挑一部好看的洋片或日劇，邊吃牛排邊看片，偶爾舉起紅酒碰杯共飲，享受平淡的快樂。

那時，李孟奕很喜歡一部叫「Hero」的日劇，周曉霖總會陪著他看，日劇的男主角是木村拓哉，劇裡說的是檢查官的故事。

周曉霖覺得劇裡的木村拓哉很帥，有一次看片子時，她忍不住脫口說出，「真帥！」

李孟奕以為在稱讚他，便把自己叉子上那塊牛肉往她嘴裡塞，笑著說：「謝謝恭維，我自己也這麼覺得。」

「不是說你啊！」知道李孟奕會錯意，周曉霖忍不住發笑，她指指電視上的木村拓哉說：「我是說，他，很帥啊！」

她還特地加重了「他」這個字的重音。

李孟奕一聽，馬上拿起遙控器，關掉電視。

「你幹嘛？」周曉霖錯愕的看他。

「吃醋。」李孟奕也不迂迴，直截了當。

「吃什麼醋啊？」周曉霖覺得他孩子氣起來真是可愛。

「我不喜歡妳在我面前說別的男生帥，我會吃醋。」李孟奕氣鼓鼓的。

「那又沒什麼！木村拓哉是公認的帥哥，又不是只有我覺得他帥。」

「不管！反正妳就是不可以在我面前稱讚別的男生，因為我也不會在妳面前稱讚別的女生多漂亮啊。」

「你講沒關係啊，我又不會生氣。」她才沒那麼小心眼呢！

「我覺得沒有別的女生比妳漂亮，在我眼裡，妳就是最美的，那我幹嘛要稱讚其他女生漂亮？」

李孟奕認真又微慍的樣子宛如一幕定格畫面，「喀」的一聲，便永恆地嵌進周曉霖的記憶裡。

從那時起，周曉霖再也沒有在李孟奕面前稱讚過其他的男生，也是從那時起，李孟奕再也不讓周曉霖看「Hero」，他才不想讓她再看到木村拓哉呢！

隔天一早，楊允程大約八點左右就來了，手上還提了一個小型悶燒鍋。

「我快餓扁了！」許維婷馬上跳起來，衝到門口去幫忙。

「我照妳的方式做了，沒成功不能怪我喔。」楊允程說。

「行的！我都試過好幾次了，沒有失敗過。」許維婷一副信心滿滿的模樣。

周曉霖完全不懂那兩個人在搞什麼鬼，於是睜大眼看著他們。

「今天有好一點了嗎？」楊允程走到周曉霖床前，關心著。

「有。」周曉霖點頭，「那個束腹帶真的有用耶，傷口比較沒那麼痛了。」

楊允程笑笑，「果然還是李孟奕厲害，知道怎麼照顧妳。」語氣裡有明顯的酸意。

許維婷聽到了，回過頭丟了一句，「酸死了。」

「什麼東西酸死了？」

周曉霖還沒聽懂，楊允程倒是馬上就明白許維婷在說什麼，不過他只是抬眼看了她一下，沒接話。

許維婷打開悶燒鍋，白粥的香味馬上從鍋裡飄出，也把周曉霖的注意力吸過去，以至於她沒再好奇剛才的問題。

「看吧！我就說這樣會成功。」許維婷得意的向楊允程邀功。

「是是是，妳最強、最棒、最厲害！」楊允程言不由衷的語調太明顯，換來許維婷的數枚白眼。

她不再理他，直接把粥盛進碗裡。白粥還冒著騰騰熱氣，許維婷拿湯匙來回攪拌著，嘴裡碎唸道：「楊允程，你怎麼這麼老實啊！我叫你煮粥來，你就真的只煮粥，連個配菜也沒有，好歹買個脆瓜或土豆麵筋什麼的來嘛！光白粥，我怎麼吞得下？」

「又不是專程煮給妳吃的，挑剔個啥勁！」楊允程不甘示弱，「人家病人都沒說話了！」

「我太了解她了，周曉霖太客氣又面子薄，很多話都只會往肚子裡吞，所以只好由我來替她發聲。」

「最好她對我會太客氣！」楊允程一邊哼哼，一邊看向周曉霖，看到她正抿著嘴在偷笑，繼續說：「妳都沒看到她凶我的樣子，跟國中時簡直判若兩人，以前的沉靜跟冷漠應該都是裝的。」

「欸，楊允程，你講話厚道點啊！我都隔岸觀虎鬥了，有必要把我也拉下水嗎？」周曉霖忍不住出聲。

「先拉妳下水的可是許維婷喔！我只是不小心讓妳順便滅頂而已。」

「很愛耍嘴皮子啊你！」一旁的許維婷又忍不住跳出來損他幾句，「當老闆沒個當老闆的樣子，怎麼還是這麼幼稚啊？真不曉得你公司那幾百名員工怎麼會甘心讓一個幼稚鬼領導，你在他們面前一定偽裝得很好吧？」

「其實也不用偽裝！」楊允程笑，一派輕鬆，「妳沒當過老闆，不知道老闆只要面對管理階層就好，由管理階層去負責底下的人。我呢，只要在尾牙時負責出來講幾句話，捐些錢給大家摸彩開心，其他時候，就繼續我的幼稚跟無腦，反正他們也看不到。」

「我要為你公司裡那些可憐又勤奮的員工們默哀三秒鐘……」

「不必！」楊允程回嘴，「我可是個大方的老闆。公司賺錢，我會提撥大筆的分紅獎金發送給員工們，他們才不可憐呢。」

許維婷瞬間又白眼了好幾次，簡直要翻白眼翻到眼抽筋。

「自大！」她受不了的說，說完站起來，「我先下去樓下的超商買些罐頭當早餐配菜，曉霖，妳有想吃的東西嗎？」

周曉霖搖頭，說：「我吃白粥就好。」

「看吧！」楊允程臉上瞬間綻露出大獲全勝的笑意，「人家周曉霖有妳這麼難搞嗎？吃粥就吃粥嘛，還堅持要吃什麼脆瓜跟麵筋的！有沒有這麼難處理啊妳！」

「要你管！住海邊喔？」許維婷一個白眼又掃過來，跟剛才不同的是，這記白眼比較厲害……它帶著殺氣！

「還說我幼稚？我看妳才長不大吧！」

楊允程好不容易才展開反擊，哪能這麼快就放過她！

「老是要跟我吵這種低層次的架，吵這麼久了，也該升級了吧？人家線上遊戲不管技能值點的多差，等級往上提升後，能力值都會逐漸升級的，怎麼妳就不能長進點，老踏在原地跟我吵這種浪費彼此人生的嘴？」

許維婷真不想搭理楊允程這個嘴皮鬼，可是想想又覺得不服氣，他憑什麼罵她幼稚、不長進？明明他才是啊！

「我看你大概就『耍嘴皮』跟『耍幼稚』這兩個技能值是點到滿點的，其他技能都是零吧！」根本就不給他反駁的機會，許維婷快速的走到病房門口，嚷著，「我餓死了，先去買罐頭回來配粥吃。再跟你聊下去，我就要血糖過低送急診了。」

說完，她就迅速閃到門外，再順手關上門，果然讓楊允程沒機會回嘴。

楊允程再怎麼說也是個男孩子，雖然跟許維婷一來一往的鬥著嘴，不過他的心胸並非小氣又狹窄，完全不會跟許維婷計較。再說，他們這樣吵吵鬧鬧也好幾年了，感情卻是愈吵愈好，好到連大姨媽來拜訪許維婷時，她有什麼不適的感覺都可以直接告訴他，一點也不害臊。

楊允程常常覺得，許維婷說不定是世界上最了解他的女生，偏偏他喜歡的卻是周曉霖。

他覺得這樣很好。如果周曉霖最後沒能愛上自己，至少他還有個人可以分擔心事，而這個人，非許維婷莫屬。

喜歡，總是太容易，而抉擇卻太難。

李孟奕有個妹妹，叫李孟芯，年紀比李孟奕小八歲，周曉霖見過她幾次，都是在李孟奕家附近。那時他們正在熱戀中，而李孟芯還只是個國中生，但她機靈又清秀的外型，讓周曉霖忍不住在李孟奕面前誇讚她好幾次。

有一年暑假，李孟奕跟周曉霖相約在距離周曉霖家兩條街外的冰店吃冰，正好上完暑期輔導課的李孟芯也跟同學光顧冰店，當撞見李孟芯的那一剎那，周曉霖有種做壞事被抓包的緊張跟尷尬。

倒是李孟芯，點完她要的冰品後，從座位站起來，落落大方的走過來周曉霖他們這一桌，一屁股坐在周曉霖旁邊。

「妳是我哥的女朋友？」

她直白的詢問，讓周曉霖差點被嘴裡含著的那口冰嗆到，睜圓了眼看她，一時之間不知道該點頭還是搖頭。

「李孟芯，滾回妳的位置去！」李孟奕板起臉孔，擺出哥哥的威嚴。

「才不要。」李孟芯根本不吃他那一套，她俏皮的朝哥哥吐完舌頭，又繼續纏著周曉霖，「我哥很凶吧？他會不會凶妳？」

「不、不會。」周曉霖不流利的回答。

「他脾氣真的很不好，常常會凶我，一點點小事就會整個大爆炸，我每次都被他的流彈掃到，真的很倒楣……」李孟芯開始抱怨。

「李孟芯，夠了！」李孟奕對李孟芯說話時，很有當哥哥的架勢。

「……而且我們家超級重男輕女的，我阿公阿嬤超疼他，常常會偷塞錢給他。過年的紅包，他的永遠都比我大包……還有他超龜毛的，棉被一定要折得四四方方，東西用過一定要放回原位擺好，不可以亂丟，上完廁所一定要蓋馬桶蓋才能沖水……」

李孟芯像憋了一肚子的話沒地方講，一股腦兒的全說給周曉霖聽，李孟奕的臉愈來愈臭，但李孟芯就是不肯住口。就在李孟奕不知道說了第幾次「李孟芯，夠了！滾回妳同學那裡去」時，李孟芯突然對周曉霖綻出甜美的笑容，說：

「……不過我哥啊，他是最標準的豆腐心，雖然總對我凶，但他也幫我揹了很多黑鍋，看我躲起來哭得像個笨蛋時，還會塞一大包衛生紙給我，叫我自己抽來擦，笨拙的安慰我，所以……請妳一定要好好對待我哥哥，因為我知道我哥很喜歡妳，請妳千萬不要讓他傷心。」

說完，不等李孟奕催促，李孟芯就自己乖乖回到自己座位上，對周曉霖燦爛的笑著。

那個下午，周曉霖曾因為這個女孩純真的笑容、真心的期待，而濕潤了眼眶……

午餐過後，胡禹承才來巡房。

那時只有許維婷陪在周曉霖的病房裡，楊允程因為公司有點事，中午還來不及吃午餐，就被他的祕書來電招回公司了。

這次胡禹承沒戴口罩，所以當他一踏進病房看到周曉霖時，臉上的笑意盎然，那笑容……饒富興味。

「今天怎麼樣？」這大概是醫師巡房的制式問候。

周曉霖點點頭，輕輕揚起一抹笑。「還好。」

「傷口還有沒有很痛？」

「比較沒那麼痛了。」

「我想應該也是這樣，」胡禹承依然笑著，「聽說昨天妳聽從專業指導，使用了束腹帶。」

周曉霖的臉倏地發熱，像火在燒一樣。胡禹承的話讓她想到昨天李孟奕彎腰幫她弄束腹帶的情景。他靠她靠得那麼近，手指還不經意碰到了她的身體，她光想起那畫面，心跳就飆速到不由自己。

大概是周曉霖不自然的表現讓胡禹承看出端倪，他嘴邊的笑意加深，望著周曉霖問：「妳認出我了？」

周曉霖老實的點頭。

「我還想說妳怎麼會這麼遲鈍呢！以前我們好歹也一起出去吃過幾次飯，講過幾次話吧！」

胡禹承也不管身旁有什麼人，毫不掩飾的在她面前說出這些話。周曉霖瞥見胡禹承身旁那兩個護理師和一名看起來像實習醫師的男生，臉上都露出錯愕的表情。

……好尷尬啊！

她恨不得把自己從頭到腳都包進被單裡，或鑽進床底下，也不想面對這麼令人呼吸困難的凝滯氣氛。胡禹承幹嘛要講得這麼引人遐想啦！好像她跟他做過什麼見不得人的事似的……

「有沒有開始吃點流質的食物？」下一秒，胡禹承又收起嘴角那淘氣的笑意，立刻恢復專業醫師模樣，「比如稀飯或菜湯之類的？」

「有。」

「明天應該就可以正常進食了。不過記得，太油膩的、不容易消化的，還是先不要碰，好嗎？」

周曉霖像個聽話的小學生，乖乖的點頭。

「那妳多休息。」胡禹承俏皮一笑，「晚點應該會有另一位醫師專程來照顧妳。」

說完，他在周曉霖還沒反應過來的呆傻表情中，神色愉快的步出病房。

胡禹承一離開，周曉霖才慢半拍的反應過來，他剛才說那個專程來照顧她的醫師，該不會就是指李孟奕吧？

還沒來得及心跳加速跟面紅耳赤，許維婷就挨到身旁來，好奇的問她，「那個人就是李孟奕以前的室友？」

「嗯。」

「很帥啊！」許維婷一副很有興趣的模樣，她睜大了眼，笑咪咪的說：「看起來就是棵天菜，他……有沒有女朋友？」

「以前有個青梅竹馬的女朋友，現在我就不知道了。」

「他那個女朋友漂亮嗎？」

「漂亮。」

「妳見過？」

「我們一起出去吃過幾次飯，也跟他女朋友聊過天。」

「有多漂亮？」

「她曾經被雜誌公司相中，找去攝影棚拍過幾次照，當過一陣子的平面模特兒。」

「哇，這麼厲害？」許維婷忍不住驚呼。

「對啊，我也覺得他女朋友很強。」

「真的很可惜哪，」許維婷嘆了一口氣，雖然覺得可惜，不過表情還是笑著的。她說：「我還在想，如果他沒有女朋友，我要不要來毛遂自薦一下，說不定可能有一點點機會。」

「妳喜歡胡禹承那一型的？」

這回換周曉霖驚訝了，許維婷從來沒說過她喜歡哪種類型的男生，也好像沒交過男朋友。

許維婷也不隱瞞，明白的點頭，「對啊，妳不覺得他又帥又穩重，看起來好像很好相處的樣子，笑起來的樣子也很溫暖，整個就是讓女生很難抗拒啊。」

但周曉霖可看不出來胡禹承是不是真有許維婷講得那麼好，光是他向李孟奕通風報信這一點，就應該先扣五十分的印象分數了。

見周曉霖沉默沒回話，許維婷頓了頓，不放棄的說：「不然我晚點問李孟奕好了。」

聽見李孟奕的名字，周曉霖瞬間回神，「問他什麼？」

「問他胡醫師跟那位青梅竹馬分手沒啊！」

我們總繞著喜歡的人公轉自轉，明知或許有一天會脫離這段愛情的軌道，卻從沒想過要放棄。

傍晚李孟奕來的時候，許維婷顯得異常興奮與期待，像隻跟屁蟲一樣纏著他，他走到哪裡，她就跟到哪裡，不停打探著關於胡禹承的背景。

周曉霖本來因為李孟奕的到來而顯得有些侷促與不知所措，不過看到許維婷一直傻傻跟在李孟奕背後的呆樣，還是忍不住笑出來。

一笑，好像也就沒那麼緊張了。

在許維婷的逼問下，李孟奕終於公布答案：胡禹承跟他女朋友還很恩愛，明年說不定就會結婚了。

但許維婷不想放棄，一直追問她有沒有機會成功勝任「小三」這個角色。

「就憑妳？」李孟奕滿臉不屑的瞟了許維婷一眼，毫不客氣的撇撇嘴角說：「妳怎麼不先去照照鏡子？」

「喂，你幹嘛這樣？太傷人了啦！」許維婷跳起來，滿臉委屈，「好歹我也是有人追的呢。」

「那妳不會從追妳的人當中挑一個順眼的來當男朋友？」

「就是沒有看得順眼的啊。」

「所以妳決定自暴自棄，去搶別人的男朋友、當小三？」

「嗯。」

許維婷用力的點頭，臉龐綻出淘氣笑意，一看就知道她並不是真有當小三的念頭，只不過是想從李孟奕口裡確認自己到底有沒有女性魅力。

李孟奕跟楊允程是世界上對她講話最毒、最不懂得憐香惜玉的兩個男孩子，所以問他們最準。許維婷才不要那種對她唯唯諾諾的男生呢！講什麼話都要先修飾一下，聽起來就感覺很假，多沒勁！

她刻意露出興致勃勃的表情，扯著笑問李孟奕，「你覺得我有沒有那個潛力？」

李孟奕深深地看了許維婷幾秒鐘後，搖搖頭。

「沒潛力？」許維婷不死心。

「是沒能力。」

「啊？」她不明白，睜圓了眼。

「妳沒辦法啦！沒美貌、沒身材、沒手段又不年輕，妳拿什麼跟人家比拚當小三？」

李孟奕從購物袋裡拿出一盒便當，塞給許維婷，說：「妳還是認命繼續妳快樂無憂的美麗人生吧！」

許維婷捧著微溫的便當，不甘心的追問，「那我再問最後一個問題……」

「拒答。」

「拜託啦！」

「妳已經問了好幾個『最後一個問題』了。」

「這次是真的，真是最後一個！」許維婷乞求著，「真的真的，我確定、肯定、篤定！」

李孟奕回頭看了她一眼，終於妥協。

「說。」

「如果……我是說如果喔，如果我再瘦個五公斤，然後學會非常高超的化妝技巧，再穿上很辣很噴鼻血的衣服，你覺得，我會不會比較有機會？」

「嗯。」

李孟奕沒看她，只是輕輕回應了一聲。但他這一聲肯定的回應，瞬間讓許維婷一掃方才萎靡的精神，整個人振奮起來。

「真的嗎？」她開心得眉飛色舞。

「真的……」李孟奕對著她笑，「真的會比較適合去做特種行業……」

許維婷停頓了三秒鐘，然後會過意來。

「李孟奕，你真的很討厭！」

他聽了，臉上漾出一個大大的笑容……多懷念這樣子的相處方式啊！好像回到了學生時代，他跟許維婷總是一來一往的鬥著嘴，而周曉霖就會像現在這樣，在一旁靜謐地微笑著。

接觸到李孟奕向她投射過來的目光時，周曉霖的心臟無法克制地漏跳了一拍，接著臉頰跟耳根子一陣熱浪來襲般的灼燙。

今天的晚餐依然是李孟奕準備的。下午五點時，他還特地打電話給許維婷提醒，說晚餐他會處理，要許維婷不必張羅。

還是粥。

只是今晚的粥不是李孟奕自己煮的，他特地去周曉霖以前很喜歡吃的一家清粥小菜專賣店買的。周曉霖一直喜歡那間店的地瓜粥，總說他們熬煮得很有家鄉味，讓她想起以前媽媽剛離開時，爸爸每天早上幫她煮粥的味道。

周曉霖已經能坐起來進食了，所以李孟奕幫她把簡易餐桌放在床上，讓她自己來，他則坐在她身旁陪著。

可憐的許維婷被趕到邊疆地區，一個人孤單的數著飯粒吃晚餐，李孟奕叫她別過來，還用眼神暗示她如果識相點，吃過晚餐就自己到外面去走一走、消化消化，別賴在房裡防礙他跟周曉霖培養感情。

許維婷氣不過，掏出手機，傳了句「有異性、沒人性」外加一個火冒三丈的表情貼圖傳到李孟奕的手機。李孟奕看完只是淡淡的扯了扯嘴角，又若無其事的把手機塞回上衣口袋裡。

周曉霖以為是李孟奕上班的醫院傳來訊息，體貼的說：「你如果有事就先去忙吧，謝謝你幫我們準備晚餐。」

禮貌的語氣中有拒人於千里之外的客套，讓李孟奕有些難過。

曾經的親密如今已經不復存在了！但他還是想再回到過去，回到她只屬於他的那段時光裡。

吃過晚餐，許維婷果然夠義氣的拎著她的便當盒，藉故要出去倒廚餘，順便到便利商店買杯咖啡，還假惺惺的問李孟奕要不要喝點什麼。

李孟奕不客氣的說：「給我來瓶礦泉水，冰的。」

想不到許維婷竟然鄙夷的看著他，「浪費錢！病房出去右轉到底就有一部飲水機。免錢的水不喝，幹嘛要花錢買水！」

李孟奕知道她是在報剛才他趕她到角落吃飯的仇，所以並不生氣，笑笑的說：「喔，謝謝妳提醒我。」

見自己這麼說也沒辦法激怒他，許維婷覺得無趣，只好慢吞吞地踩到門口，閃人去了。

她一離開，周曉霖瞬間覺得病房裡的氛圍變得有些尷尬，低著頭，思忖該怎麼跟李孟奕聊天，就像以前那麼自然，不用刻意的營造氣氛。

她想了好幾個話題，但又覺得那些話題似乎都不甚妥當，話到舌尖，又被自己一口吞回肚子裡……

「胡禹承今天打電話給我，說妳明天應該可以出院了。」李孟奕倒是先找到話題，搶先開口，頓了一秒鐘，他又扯著好看的笑容，一派輕鬆的說：「他說他一看到妳的名字就認出妳了，不過妳好像沒有認出他。他還得意的向我邀功，說看在朋友一場，有特別用心幫妳把傷口縫漂亮點。」

周曉霖不知道該說什麼，應該說……謝謝嗎？可是幫她縫傷口的是胡禹承而不是李孟奕啊，向李孟奕道謝感覺挺怪的。

「啊！對了，這個給妳。」李孟奕從他帶來的背包裡掏出一包透明封口的塑膠袋，裡面放了一些白色的膠帶。

周曉霖不明白他為什麼要給她膠帶，睜大了眼，看看他手心裡的東西，又看看他的臉。

「是美容膠帶。」李孟奕見她那副猶豫不決的模樣，索性主動把膠帶塞進她掌心裡，補充著說：「貼在傷口上可以淡化傷口疤痕，這樣妳以後就不用害怕穿比基尼不好看了。」

「我又不可能穿比基尼！」

周曉霖急忙回答，語畢接觸到李孟奕帶著笑意凝視她的眼神時，瞬間臉紅了。

「周曉霖，妳知不知道，這些年，我……真的很想妳……」

周曉霖，妳絕對不會知道，這些年的我是用什麼樣的煎熬心情在想念妳……

李孟奕曾經問過周曉霖，關於一生只愛一個人的看法。

「雖然很浪漫，但我相信那只是極少數，畢竟一生那麼長，外界的變化那麼大，沒有人可以保證自己的心永遠不變。」

周曉霖務實，與李孟奕浪漫，在許多事情上總抱有十分衝突的看法。

「可是，我覺得我可以。」李孟奕孩子氣的反駁她。

「那會很辛苦啊，李孟奕。」

「喜歡一個人是很快樂的事，哪裡辛苦了？」

「那如果有一天，我突然不愛你了呢？又或者哪一天，你覺得我們之間平淡無味得像杯白開水，忽然有更吸引你的女生出現呢？」周曉霖豁達地開導他，「感情的事隨緣就好，太堅持，往往會比較難過。」

「難過就難過，反正我覺得我這一輩子的所有精力都已經投注在妳身上了，以後就算有再多再好的女生出現，我也不會有感覺了！」李孟奕賭氣般的說。

周曉霖是明白他的脾氣的，當他覺得對的事，旁人再怎麼苦口婆心，他就是沒辦法被說服。他是固執的……固執的相信所有他想相信的事，固執的去做任何一件他覺得對的事，固執的去愛他愛著的周曉霖。

李孟奕所有的固執，都是緣自他對周曉霖深深的喜歡與執著。

楊允程在李孟奕準備要回家時才來，還帶了一些點心要給周曉霖跟許維婷，說怕她們兩個女生半夜肚子餓沒東西吃，又擔心夜裡許維婷一個人單獨出去買東西危險，所以買了些好消化的食物過來。

「真貼心。」李孟奕看了一下楊允程提袋裡的東西，笑笑的說。

「沒辦法啊！」楊允程聳聳肩，裝出一副可憐模樣，「被她們兩個奴役慣了，萬一空手來，會被許維婷酸到頭皮發麻的。」說著，他放低音量，把頭湊向李孟奕耳邊，「她是個不容小覷的女人，超狠的，尤其嘴巴酸人的功夫最強，簡直打遍天下無敵手……」

「喂，說我壞話可以講小聲一點嗎？講這麼大聲，我聽得都不好意思了。」

許維婷不滿的瞪視著兩個男人。

「我都壓低音量了，妳還聽得到啊？」楊允程誇張的睜大眼，露出驚訝表情。

「你哪有壓低音量？我看你巴不得直接把我的惡形惡狀放上第四台跑馬燈，讓全世界的人都看到吧！」許維婷嘟著嘴抱怨，「有你這種朋友，真是本人的不幸。」

「看吧……」像得到佐證一般，楊允程偏過頭對李孟奕說：「是不是？我說的沒錯吧？她又開始酸我了。」

「辛苦你了。」李孟奕同情的拍拍楊允程的肩膀，憐憫的說：「久了，你就會習慣了！我也是這樣走過來的。」

「屁啦！最好你是這樣走過來的！」許維婷叫著，「明明是我被你酸吧！你最喜歡欺負我了，老能翻出一堆事情來唸我，還說我是你的妹妹，哥哥本來就該對妹妹嚴格點……有這麼凶的哥哥嗎？你這哪是在保護妹妹？分明就是用言語在欺負我！」

李孟奕聽完也不惱怒，笑了笑，走到許維婷面前，伸出手放在她頭頂上，用力的弄亂她的髮絲，並以穩篤的姿態緩緩說：「哥哥今天上了一天班，開了兩台刀，又看了一下午的門診，累了，沒精力跟妳吵架啦！所以要回去好好補眠，明天再來收拾收拾妳這隻小妖怪，妳等著。」

看見李孟奕笑裡藏刀的面容，許維婷忍不住打了個冷顫，心裡只閃過一個念頭——啊，這次真的死定了！

「還有，」李孟奕接下去說：「有件事，妳始終沒給我一個完整的交代，妳好好想想要怎麼跟我解釋，明天我們就來做個總結吧。有些事，逃避或拖延都不是解決的方法，妳應該知道妳哥哥我的脾氣吧？」

許維婷這下子已經不只打冷顫而已，簡直快要被李孟奕搞到心臟麻痺了。

該來的，躲不掉。

誰叫她當初為了義氣，向他隱瞞周曉霖的行蹤，還為了避免不小心被李孟奕套出周曉霖的事，刻意跟他保持距離，能不見面就盡量不跟他見面，能不聯絡，她就躲得遠遠的。

「你明天可以的話……晚點來沒有關係……」明知躲不掉，許維婷還是想垂死掙扎。

「明天我休假。」

許維婷一聽，差點昏倒。

「所以一早就會過來了，早餐我買就好，妳不用準備。妳想吃什麼？」

「隨……便……」

最好我聽到你明天要跟我算總帳，還有胃口吃東西啦！許維婷在心裡哀怨著。

「那妳的我就隨便買了喔。」李孟奕說著，又轉頭問周曉霖，「妳呢？有沒有想吃的東西？」

周曉霖搖頭，雖然也期待明天能再看到李孟奕的身影，但她更清楚知道，自己這樣的冀望是不對的，她不該對兩個人已經平行的關係，有任何或許能再交集的期望。

畢竟都過了這麼多年了，即使彼此對另一方都還有殘餘的感情，也早已不是初衷了。

李孟奕無法透視周曉霖心裡真切的想法，只看到她搖頭，覺得她依然跟從前一樣，不論是吃什麼或是去哪裡玩，都不會有太多的意見，總是自己說什麼就是什麼。

他好懷念她的依賴！

「那我明天幫妳買饅頭好了，比較清淡。」李孟奕提議。

「好。」周曉霖溫婉一笑，開始對明天有了某些微妙情緒的期待。

「喂，你明天不用買我的喔！我早上有個會議，可能要接近中午才會結束。」楊允程先提出聲明。

「本來就沒打算買你的早餐啊。」想不到李孟奕直接出狠招。

「去你母親的！」楊允程一拳打在李孟奕的肩窩上，笑罵著，「朋友是這樣當的？還知不知道『兄弟』跟『義氣』這四個字怎麼寫啊？」

「早忘光了。」

李孟奕嘻嘻笑，就像國中時他老跟楊允程打打鬧鬧、開些無傷大雅的玩笑一樣。那時楊允程最喜歡把「兄弟」跟「義氣」這兩個詞掛在嘴邊，宛如自己是電影裡那些重情重義的古惑仔，一生只為兄弟跟義氣拚命。

雖然那段純真的歲月已經離他們好遙遠了，但跟老朋友在一起時，許多感覺依然在，彷彿那段早已流逝的時光並未真正遠離。

朋友，果然還是老的好！

幾個人又聊了一陣子才終於肯說再見。

正在道別時，楊允程的手機突然響了起來，他拿出手機看了一下，說：「客戶打來的，我先接。」又拍拍李孟奕的肩膀說：「別忘了我們的飯局喔，找一天把你的時間空出來，我等你。」

然後就走出去講電話了。

「喔，對了，明天周曉霖可以出院了，她的出院手續我來辦就好。」

李孟奕也不能久留，離開之前，人走到門口，又突然停下來，轉頭叮囑許維婷。

「她明天就可以出院了？」

許維婷指著周曉霖問，臉上露出失望的表情，這是不是意謂著，她要跟她的「天菜」分別了……好悲慘啊！

李孟奕認真點頭。

「我問過胡禹承了，他說周曉霖的復原狀況不錯，明天應該就可以出院了，不過出院後飲食方面還是要多注意，還有，半年內不能提重的東西或做粗重的工作。」李孟奕頓了頓，接著說：「也不可以亂交男朋友。」

他話一說完，許維婷馬上翻白眼。

「最後面那句是你自己亂加的吧？」她問。

「妳知道還問。」

「你很無聊耶。」

「這是醫生專屬的冷幽默。」

「非常不好笑。」

「沒要妳笑的意思。」

「無聊！幼稚！難笑！」

周曉霖看著李孟奕跟許維婷一來一往的鬥著嘴，臉上沒什麼特殊的表情，心裡卻為了李孟奕那句「不可以亂交男朋友」而亂了心跳。

愛情很短，一生很長，而我只要你記住，在某年某月的某一刻，我曾經大聲的說過我愛你，那一刻，就是我們之間的永遠了。

周曉霖從小就怕雷聲，轟隆轟隆的，像有什麼東西敲在耳膜上，令人震撼驚懼，卻又無處可逃。

李孟奕知道她的畏怯。

因此，以前跟李孟奕同住在一個屋簷下的時候，每次遇到雷雨的日子，李孟奕就會抱著幾本書到她的房裡，邊看書邊陪她。

他其實也沒特別做什麼，但他的陪伴總能讓周曉霖的心裡暖暖的，有安心的感受。

那時的日子，既簡單又平凡，卻很踏實。

他們分手的第二個月，一個突然打雷下雨的夜裡，周曉霖在新的租屋處被窗外轟轟作響的雷聲驚醒，她睡得迷糊，下意識的衝出房間，想去敲隔壁李孟奕的房門，尋求保護。

但打開房門的那一剎那，她忽然清醒過來，想到她跟李孟奕已經全劇終的愛情，瞬間崩潰，眼淚傾洩而出。

那個雷雨交加的夜晚，周曉霖把自己裹在房間的落地窗簾裡，驚懼的哭了一整晚。

無所頓形的，除了恐懼，還有……思念。

隔天李孟奕一早就神清氣爽的送早餐來，許維婷大概是打算先填飽肚子好作戰，胃口很好的吃了包子和饅頭夾蛋，還喝掉一大杯豆漿。

「妳神豬附身？」

李孟奕對許維婷就是沒辦法停止毒舌。

「你管我。」許維婷滿口食物，含糊不清的回答。

「我如果把妳這個樣子拍照下來，放上臉書，妳恐怕就要身敗名裂了。」

「怕什麼？如果有人可以接受我這麼豪邁的吃相，那才叫真愛。」許維婷倒是很豁達。

相較於許維婷的狼吞虎嚥，周曉霖吃東西就顯得秀氣多了。

她吃饅頭的方式，是用手把饅頭捏成一小塊後再放進嘴裡咀嚼。

許維婷曾對她說：「我要是像妳這種吃法，早就餓死了。」

雖然是一樣的白饅頭，但因為這兩個人不同的吃法，你會覺得許維婷手上的那顆饅頭看起來好吃多了。

胡禹承是大約十點多的時候過來的，一走進來就衝著李孟奕直笑。

「笑什麼？」

跟老朋友見面，李孟奕總是十分開心。周曉霖能夠明白他臉上的每一個細微表情，她看著他笑，心情也會變好。

胡禹承走到李孟奕面前，舉起食指指著他，笑容加深。

「你欠我一餐喔，記得。」胡禹承說。

「好啦！不會忘記的。」李孟奕拍開指著他的手，又拍了他的臂膀一下。

肢體動作看似粗魯，卻是男生們表達友好的方式。

「吃什麼？我也要跟。」

一聽到胡禹承跟李孟奕相約聚餐，許維婷馬上感興趣的出聲，但其實她感興趣的是可以跟胡禹承同桌吃飯，重點不是吃什麼，而是對象是誰。

「沒打算帶妳去。」

李孟奕哪不知道她那鬼靈精怪的腦袋在想什麼，想都不想的直接拒絕。

「小氣。」許維婷皺了皺鼻，沒轍的站在一旁聽他們講話，雖然被李孟奕排擠，卻還是捨不得離開，眼睛直盯著她的「天菜」看，頗有「人生難得美好」的感慨。

李孟奕沒理會她的花癡，逕自和胡禹承聊起周曉霖的狀況，講了一些其他人聽不懂的醫學專用術語，時而夾雜難懂的醫學英文。

周曉霖坐在床上看著兩個男生你一言、我一語的聊著屬於他們領域裡的專業，突然覺得李孟奕認真起來的神情跟姿態都好帥氣，他們醫院裡應該也有不少仰慕他的女性護理人員吧！

胡禹承沒有停留太久就離開病房了，他說早上有一台刀，趁著還有點時間就過來瞧瞧，順便跟李孟奕打聲招呼。

「那妳好好保重喔。」胡禹承離開前衝著周曉霖笑，說道：「等妳好了，我們再找時間出來吃個飯吧，洛英可是很想念妳呢。」

周曉霖一時之間不知道該怎麼接話，她無助又下意識的把目光飄向李孟奕，就像從前那樣，一遇到什麼棘手的事情，就向他討救兵。

李孟奕知道她的尷尬，連忙開口替她回覆胡禹承，「再說吧！她現在在會計師事務所工作，下個月又要進入工作旺季，等那幾個月忙完再說好了。」

李孟奕對她的體貼無所不在，周曉霖心裡很感激，即使當時她走得那麼絕決，完全不留餘地的傷了他的心，但他彷彿不介意，依然對她無怨無尤。

胡禹承離開後，李孟奕說，在周曉霖的身體還沒完全復原之前，他會負責照顧她，出院之後，她還是先搬過去他家住一陣子，反正他家還有空房間，多住一個人完全不麻煩。說完也不等周曉霖的回應，扔了一句「我去幫妳辦理出院手續」，便離開病房。

留下因為沒跟胡禹承多說幾句話而有些哀怨的許維婷，以及因為李孟奕的「命令」而呆楞原地、不及反應的周曉霖。

「許維婷……」過了好幾分鐘後，周曉霖微弱的聲音在空盪盪的房間裡響起。

「唔？」許維婷的哀怨並沒有持續很久，注意力很快就被電視上歡樂的畫面所吸引，聽見她的聲音，不是很認真的先應了聲，再敷衍似的撇頭看了周曉霖一眼，又迅速把目光移回螢光幕上，「幹嘛？」

「……我該怎麼辦？」周曉霖有氣無力的問著，用流浪狗般的乞憐神情看著被綜藝節目來賓逗得哈哈大笑的許維婷。

「什麼怎麼辦？」

「李孟奕剛才說要帶我回他家……」

「這有什麼好煩惱的？」許維婷又偏頭看了她一眼，無所謂的回答，「那就搬過去跟他一起住啊！你們又不是沒有住在一起過。」

許維婷覺得這對情侶當初就不應該分手，愛情是他們自己的，憑什麼要由第三者來幫他們結束？在整件事情上，她覺得是周曉霖太任性了，就為了李孟奕他媽媽的幾句話，恣意做出這種傷害李孟奕的決定，這對李孟奕實在太不公平，他又沒做錯什麼！

「可是那很奇怪啊！」周曉霖跨不過自己心裡那道關卡，「我跟他都已經分手了……」

「分手後也還可以是朋友嘛！」許維婷思路敏捷的回答，「當初妳不就是這麼對李孟奕說的？」

「是沒、沒錯啦！但是……朋友住在一起，很怪吧？」

「妳沒看過很多大學生在外面租屋，他們本來都互不相識喔，但是因為租屋住在同一棟房子裡，後來就變朋友了，有的到最後還會變情侶耶。喂！周曉霖，妳不會這麼保守吧？人家不認識的都可以住在一起當室友了，更何況李孟奕還是妳國中、高中的同學，還兼任過妳兩、三年的男朋友呢！」

明明是許維婷的歪理，但周曉霖就是想不出可以反駁她的話語……真沮喪！

她只能在心裡忐忑不已，胡思亂想她跟李孟奕同處在一個屋簷下會發生什麼事情。自己對他仍餘情未了，她生怕李孟奕的溫柔會重燃她對他的依賴，好不容易戒掉的想念，會更加肆無忌憚的在心裡蔓延。

李孟奕很快就把出院手續辦好，回到病房，先幫周曉霖把個人物品全搬上他的車，還順道問許維婷今晚要不要也住他家。

「不用了啦，我也該回去上班了。再不回去，我們家老大就要抓狂了，一堆工作卡在我那裡，後面的流程都沒辦法跑。」

一聽到許維婷說她要搭下午的車回去，周曉霖的心情更加不安了。

許維婷刻意忽略她投過來的求救眼神，提醒李孟奕，「楊允程之前幫周曉霖請了三個星期的假，病假結束後，你看情況是不是可以讓她回去上班，真的不行就再繼續幫她請假吧！她得要多休息才會好得快，對吧？不然依她那種拚命三郎的工作方式，身體一定很快又會報銷的。」

李孟奕拚命點頭，沒有人比他更在乎周曉霖的身體狀況，他希望她一直都是好好的，即使她曾經讓他受過那樣大的傷害，他還是沒辦法討厭她。

愛一個人，最慘的情況，就是你連想恨對方都辦不到。

再怎麼痛，我還是沒辦法放下你一個人，我想那是愛一個人最大的悲哀。

李孟奕不是沒想過，要徹底斷絕周曉霖在他生命裡掀起的腥風血雨。

當初她走得那麼徹底，讓他遍尋不著又無法忘掉，他是應該要恨她的。

可是，他就是沒有辦法！

那段萬念俱灰的歷程，胡禹承也曾見證過，他明白李孟奕的痛，但他從來都沒說過勸李孟奕放下的話。因為胡禹承知道，要放下一段感情，並不是那麼容易的事。

更何況，李孟奕愛了周曉霖那麼久。

所以當胡禹承在急診室裡遇見周曉霖時，他突然感謝起那位臨時有事不能值班，拜託自己來代班的學弟。

幫周曉霖動完手術後，胡禹承才換下醫師袍，馬上打電話給李孟奕。

「先深呼吸三下，然後我告訴你一件事。」電話接通後，胡禹承連客套的問候都省略，直截了當。

「什麼大風大浪沒見過，還需要深呼吸才能接受你告訴我的消息？」李孟奕正準備要看診，他雙手忙碌的敲著電腦鍵盤，在群組裡回答學弟前一日開刀病患出現的併發症問題，一心多用的又朝著手機對胡禹承說：「說吧！什麼事？」

「凌晨有個叫周曉霖的病患被送到急診室來，是急性闌尾炎，我已經幫她開過刀了。」

李孟奕聽到「周曉霖」這三個字時，敲著鍵盤的手指頭有片刻的停頓，但多年的醫師生涯讓他學會怎麼樣迅速的穩住自己波瀾起伏的情緒，如何用平靜的姿態掩飾內心的狂風暴雨，於是，很快的用淡定的語氣詢問，「同名同姓的人很多。你開刀的那個病患怎麼樣了？手術成功嗎？」

「很成功！」胡禹承帶笑的聲音從手機另一頭傳來，「我開刀時特別的用心，縫線也縫得特別的漂亮，因為這個周曉霖，可是多年前讓我兄弟失魂落魄的那個周曉霖啊！」

吃過午餐後，李孟奕先送許維婷去搭車，再載周曉霖回家。

從醫院出來後，周曉霖整個人就呈現極度緊繃的狀態，連午餐也是吃沒幾口就推說自己吃不下了。

李孟奕不是不知道她的恐慌，其實自己也沒好到哪裡去，情怯的心情，他與她是相同的。

可是放她自己一個人住，他更不放心。

好不容易才又找回她，他可不想那麼快就又失去。

「給我妳家的地址。」

許維婷下車後，車上少了她吱吱喳喳說話的吵鬧聲，安靜得有些寂寥，雖然音樂的聲音迴盪在狹小的車內空間裡，卻無法沖散掉瀰漫在兩人之間的微妙尷尬。

沉默的開了一段路後，李孟奕突然的開口向周曉霖要地址。周曉霖本來以為他們會一路安靜的回到他家，所以沒有預期他會開口，當李孟奕不期然的出聲時，她微微詫異的抬頭看他。

不過，她還是乖乖的報上她租賃處的地址。

李孟奕載她回去拿些慣用的日常用品和換洗衣物。

周曉霖的心裡很掙扎，她對跟李孟奕共處一室的生活有莫名的恐慌，她不是不喜歡他，但就是因為還很喜歡，所以會害怕。

她不是一個勇敢的人，遇到害怕的事物時，她沒有勇往直前的勇氣，總是習慣性的退縮。

面對李孟奕也是，她就是勇敢不起來。

她沒辦法像許維婷說的「喜歡就去愛啊，怕什麼」那麼爽快，她是害怕的，尤其李孟奕他媽媽曾經對她說過的話，句句言猶在耳，是她心裡的陰霾。

周曉霖一邊慢吞吞的收拾東西，一邊在心裡盤算著到底要怎麼跟李孟奕開口，說她其實自己可以照顧自己了，不去他家應該也沒問題的。

更何況，還有個楊允程啊！

他除了公司有會議，或剛好他們公司要進出貨會比較忙一點之外，其他時候，這個人根本就像無業遊民一樣的晃來晃去，一下子晃去她公司看她有沒有在忙，再不然就是晃到她家問要不要陪他去吃點東西。

依他那種每幾個小時就打電話向她問安的頻率，她有任何狀況，一定逃不出他的法眼。

只是，她還在躊躇要怎麼向李孟奕開口時，他倒是先發聲了。

「如果妳不想去我那裡住，那我搬過來妳這裡也可以。」

「啊？其實……」周曉霖怔忡了一下，牙一咬，豁出去一般的說：「其實我一個人住沒問題的，你真的不必……」

她話還沒講完，馬上被李孟奕打斷了。

「我知道妳一個人可以，不過有個人在身旁照顧會更好。妳身上還有傷口，生活作習難免會受影響。妳放心，我領有專業的執照，也擁有完整的實務經驗，對於照顧病患，我有十足的信心，絕對不會讓妳失望的。」

最後面那幾句話，李孟奕刻意用玩笑的口吻，搭配輕鬆的表情說著，成功的鬆懈了周曉霖緊繃的神經，他看著周曉霖的唇角終於忍不住微微上揚的放鬆神情後，一顆懸在半空中飄蕩的心立刻安穩落地。

他真的很怕被她拒絕。

幸好她還肯捧場的對他笑，不然，一路上她始終繃著一張臉，他真怕她會趕他出門，叫他自己滾回家。

李孟奕不知道周曉霖是不是真的對自己沒感覺了，不過從他們重逢到剛才的情況看起來，她似乎並不討厭自己。

到李孟奕家後，他先帶周曉霖認識住家的環境。一樣是三房兩廳的格局，不過李孟奕目前住的地方比學生時代同住的老公寓高級多了，樓下有大樓管理員，進房前還必須先通過三道門卡，保全的部分是嚴謹了點，不過也安全多了。

「主臥房給妳睡，裡面有衛浴，對妳比較方便。」

李孟奕打開主臥室房門，房裡的擺設很整潔，床單被套還是她喜歡的粉藕色，看來是他特地準備的。

「其實我睡客房就可以了。」周曉霖認真的說。

「相信我，妳還是睡主臥會好一點，至少夜裡想上廁所時，不用摸黑走出房間。」

李孟奕用輕鬆的語氣笑答，從前他也是這樣，主臥留給她住，自己則住在隔壁的雅房。

周曉霖默默接受了李孟奕的體貼。

李孟奕又帶她到廚房，告訴她哪個櫃子裡有點心，哪個櫃子裡有麵條跟罐頭，還有她喜歡吃的蘇打餅乾。

「如果我去上班，妳餓的時候可以先煮點東西來吃，不要讓自己空著肚子，妳現在正是需要好好補充營養的時候，知道嗎？」

一如既往的溫暖口吻，讓周曉霖的心底滑過一道暖流。

她沒有出聲回答，只是安靜的點頭。

回到客廳後，李孟奕指指另外兩間房，說：「左邊這間是我的房間，妳晚上如果不舒服，來敲我的房門沒有關係。這兩個星期我沒有值夜班，理論上如果沒有特殊情況，我應該都會在家。右邊那間是書房，妳如果在家無聊，可以進去找書看，或者上網，電腦有密碼，那密碼一直都沒變，妳知道的。」

周曉霖的眼眶刷的一下熱燙起來，她用力眨眨眼，不讓眼前輕霧迷離的景物曲折了輪廓。

她當然知道密碼，她一直都是知道的！

那是……她跟他交往的紀念日。

如果相遇只是為了分離，那當初，我們是不是都不該如此用心？

和周曉霖分手後，李孟奕確實意志消沉了好長一段時間，連他媽媽都擔心他到忍不住生氣的地步。

「分手就分手啦，你這樣三分像人、七分像鬼的，人家會心疼嗎？好歹你也是個男孩子，為了一個女生就這樣尋死覓活的，傳出去還能聽嗎？就不怕丟了你爸的臉？李孟奕，你馬上給我振作起來！女朋友再找就好了，大不了我看看誰家的女兒不錯，請人家介紹給你認識，再怎麼說，我們幫你找的女孩子家世肯定都比周曉霖好！」

李媽媽氣急敗壞起來就口不擇言，一副恨鐵不成鋼的模樣。

「媽，妳不懂啦，不管妳介紹幾百個女生給我，我都不可能會喜歡，因為她們都不是周曉霖啊！」

李孟奕憋了一肚子的委屈，就在那一刻全都爆發開來，他在母親面前哭得像個孩子，不斷的抽泣。

李媽媽簡直要被兒子氣死了，平常看起來那麼樂觀自信的孩子，現在居然為了個女生哭得上氣不接下氣，真是丟臉死了。

小時候他被他爸揍，都沒哭成這樣呢！

於是，李媽媽信誓旦旦的說她一定要成打成打的介紹女孩子給他認識，她就不信沒有半個女生可以取代周曉霖的地位。

一開始，李孟奕以功課為由，不肯乖乖屈服，所以沒有一次出席過媽媽為他安排的餐會，到後來，他開始躲著他媽，只要手機上閃爍著「老太婆」這三個字，他就直接無視來電，任由手機響翻天也不為所動。

李孟芯後來被李媽媽抓來當她專屬的傳聲筒，負責幫她傳遞訊息給李孟奕。不過妹妹的心是向著他的，總會說些小謊，幫他擋掉一些無聊的相親餐會。

反倒是小時候管李孟奕管得特別嚴格的李爸爸，在他失魂落魄的那段期間，曾有次在晚歸的半夜裡，撞見在客廳裡呆坐的兒子。他不發一語的走過去，拍拍李孟奕的肩膀，像朋友一樣的對他說：「很難過吧？」

李孟奕毫不隱瞞的點頭。

「那就再去把她追回來吧！如果她還喜歡你，就會再跟你在一起；如果她已經不愛你，那你就大方的祝福她吧！喜歡是不能占有的。」

那一夜，父親的話像回音，反覆在迴盪在他的腦海裡，他揮霍完最後一場眼淚後，決定振作起來，告訴自己，不能再萎靡下去，他必須以最好的狀態去與周曉霖重逢！

李孟奕很忙，常常都是早上七點多就出門，一直到晚上七、八點才會回家，回來後還不能休息，手機老是響個不停，每一通電話講的都是工作上的事。就算手機沒響，通訊軟體也總是很熱鬧的叮叮咚咚著，李孟奕說那是他們醫院的群組訊息，醫生們會在群組裡討論病患症狀，有處理經驗的前輩會在裡頭分享自己的臨床經驗。

周曉霖覺得，醫生的工作真的就像傳說中那樣沒日沒夜，她好擔心李孟奕會胃潰瘍或爆肝。

她不知道，如果李孟奕再不好好治療他的胃病，真的會胃潰瘍。

可是醫生工作就是這樣，有時一忙起來，連吃飯時間都沒有。

李孟奕常常是吃了早餐撐一天，下一餐進食可能在消夜時間。

這些年周曉霖不在他身邊，所以不知道他是這樣子生活的，年輕時或許還能夠靠身強體壯撐個幾年，但再過幾年呢？人能夠糟蹋自己的身體多久？

李孟奕也不是不知道這個道理，他身旁就有好幾個例子，一些前輩們忙到沒辦法好好休息，每個人身上總帶著大大小小的病症，可是根本沒有時間擔憂自己的身體。時間都是病患的，甚至連睡覺都沒辦法睡得安穩，因為總有不一樣的病患或讓人措手不及的病症找上門來，困擾著他們，無法安心的吃一頓飯或睡一場覺。

周曉霖發現李孟奕的黑眼圈好重，比以前學生時候還要嚴重。

她知道他有時連夜裡都在工作。有一次晚上，她從房間裡走出來，要到廚房找水喝時，看到書房的門板下有燈光透出來，那時已經快要午夜一點了，李孟奕居然還在工作。

雖然李孟奕到家後就不再提醫院裡的事，不過周曉霖卻能從他疲憊的表情看出他的疲累。

她很心疼，卻無能為力。

唯一能做的，就是早起幫李孟奕煮頓早餐，晚上煮好晚餐等他回來一起吃。

李孟奕很開心，日子好像又回到從前，回到他們交往時的幸福時光。

周曉霖住進李孟奕家的第四天，楊允程打手機給她，開心的語氣，劈頭就問：「周曉霖，妳怎麼不在家啊？我剛從新加坡回來，買了禮物要送妳，去妳家按了半天門鈴，本來要給妳個驚喜，想不到居然是妳給我驚嚇，妳該不會還在醫院吧？還沒出院嗎？」

「你什麼時候去新加坡的？怎麼沒聽你說？」難怪這幾天都沒打電話吵她，一點都不像他的個性。

「那天在醫院，我不是說公司隔天有個重要會議，我要坐鎮主持嗎？結果開完會，就有消息說我們新加坡的供應商突然出狀況，我當天下午就買了機票飛過去，想說反正有許維婷照顧妳，所以沒跟妳們說。這兩天忙得跟鬼一樣，還好危機順利排除了。今天要回來的時候，我在當地挑了兩個禮物要送給妳跟許維婷，下了飛機連家都沒回就直接來找妳了，想說許維婷應該也在妳家，順便可以把她的禮物也帶給她！妳現在到底在哪裡啊？真的還在醫院嗎？」

「沒有啦，我出院了。」

「才出院就亂跑？當心傷口啊！」

「我沒有亂跑啦，我在……在李孟奕這裡……」

手機那頭突然有片刻的沉默。

「呃……我沒聽清楚，妳說妳現在在哪裡？」幾秒鐘後，楊允程的聲音才又傳過來。

周曉霖不知道自己到底有沒有聽錯，她怎麼覺得楊允程說話的腔調不再輕快，好像變得沉重了些。

「我在李、李孟奕他家……」

周曉霖有些心虛的回答，可是她不知道自己到底在心虛什麼。楊允程是知道她跟李孟奕的那段過往的，不要說是他，不管是誰聽到她在前男友家，應該都會覺得很奇怪吧。已經分手了，卻又糾纏在一起……會被人看不起吧？

周曉霖的心虛也許是緣由於此。

楊允程又安靜了一會兒。

「嗯……我知道了。」最後，他應了一聲，頓了頓，又接下去，「那……妳好好休養吧。」

「欸，楊允程！」就在他打算結束通話時，周曉霖急了起來，喊住對方，她覺得楊允程肯定是誤會什麼了。

「嗯，什麼事？」楊允程的聲音悶悶的。

「不然……我是說，不然我問問李孟奕，如果他晚上不忙，你過來他家吃個飯，你們也很久沒有好好聊一聊了，不是嗎？」

「我看……不用了吧。」楊允程回答，「這兩天我跑來跑去的，其實有點睡眠不足，沒關係，等妳傷口好了我們再一起出去吃飯好了。我想回家補眠了。」

楊允程給了個軟釘子，卻碰得周曉霖鼻頭發酸。

「楊允程……」

「妳好好養病，過兩天我再打電話給妳。」下一秒，楊允程的聲音又變得輕快。但不知道為什麼，周曉霖覺得他是故意用這種腔調講話給她聽的。「住在李孟奕那邊也不錯，他是醫生，夠專業，知道怎麼照顧妳。」

聞言，周曉霖的眼跟心都酸了起來。

白。

雖然楊允程始終沒說，但她知道他是喜歡她的，只是自己一直裝傻，他也一直沒告白。

有很多事，不說破，其實對彼此都是好的，至少能給雙方一個喘息的空間，不會因為尷尬而漸行漸遠。

這一刻，她在心裡鄭重的對他說：對不起。

對不起，我沒辦法愛你，因為我的心裡早就住了一個人，而那個人，不是你。

關於喜歡，女生的第六感向來很準。

從一個男生跟妳說話的表情、姿態、默契與主動聯繫的頻率來判斷這個男生喜不喜歡自己，並不是件困難的事，除非妳刻意裝傻。

周曉霖一向都知道楊允程的心思。

國中時，她曾經撕掉他親手寫給她的情書；高中時，他試圖再闖進她的生活；一直到她大學畢業後的再相逢，曾有的喜歡，重燃的速度總是特別快。

周曉霖知悉這一切，卻仍然裝作不知道。

她總想，如果有一天，當楊允程認認真真的向她告白了，也許她與他的交情就會隨著那段告白正式宣告終結吧！

告白，是為了結束喜歡而存在的；但告白，卻不一定能延續喜歡，或，完成幸福。

周曉霖不想在這種情況下失去楊允程這個朋友。

晚餐時，李孟奕才剛扒了兩口飯，周曉霖就提到今天楊允程打電話給她的事。她掐頭去尾的，只輕描淡寫說楊允程從新加坡回來，帶了禮物要給許維婷跟她，不知道她已經出院，去她家時還撲了個空，又問李孟奕要不要找一天約楊允程來坐坐，大家一起聊一聊。他們這兩個國中時形影不離的死黨，應該也很久沒有坐下來好好促膝長談了吧！

周曉霖不敢提及楊允程因為知道她住進李孟奕家而心情低落，她怕李孟奕也會胡思亂想。

人是一種慣性的生物。

就像她，一開始也不習慣跟久別重逢的李孟奕共處一室，不過昨天晚上煮了晚餐，跟他一起坐在餐桌前吃飯，氣氛卻意外的融洽。李孟奕不太談工作上的事，也不提起過去的回憶，他只是跟她閒話家常的聊聊天氣跟最近的新聞，就像一個老朋友一樣。

周曉霖已經逐漸習慣屋子裡有李孟奕的氣息，也慢慢可以平心靜氣的跟他講幾句話。

她不斷做著心理建設，告訴自己，只要把李孟奕當成學生時代的好朋友，不要想太多，應該就不會那麼緊張了。

後來證明，自我催眠是有效的。

她逐漸又習慣有李孟奕在身旁的日子了。

早上李孟奕要去上班前，周曉霖會順手幫他準備好午餐，便當裡面放的是一些家常菜，雖然看起來不怎麼樣，不過少油低鹽，至少健康。

李孟奕滿懷欣喜的拎著他的午餐，開開心心的出門了。晚上李孟奕下班回家後，周曉霖看見他把洗得乾淨的飯盒放在餐桌上，知道至少他今天中午有乖乖吃飯，沒讓自己餓肚子，心裡也踏實多了。

「後天我休假，晚點打電話問問楊允程有沒有空，再買些東西回來，大家可以邊聊邊吃。」

李孟奕大方的回答，接著又說：「喔，對了，我順便把許維婷也叫來吧！楊允程不是說有禮物要給她？她那個人最愛收禮物了，以前有事沒事就嚷著叫我送禮物賄賂她，只要跟她說有禮物，她一定馬上飛奔過來。」

「她為什麼要你送禮物賄賂她？」周曉霖好奇。

「呃……我怎麼知道？大概是因為她天生有收禮癖好吧！」

李孟奕怎麼能告訴周曉霖，當初為了要追她，買禮物都要買兩份，一份送周曉霖，一份拿來賄賂許維婷……

聽完李孟奕的回應，周曉霖忍不住笑了起來。沒錯啊！許維婷超喜歡拿到禮物的滿足感，所以學生時期，每年的中國跟西洋情人節，李孟奕總要準備兩份禮物，一份送她，一份送給許維婷。

而許維婷只要拿到包裝得精巧的禮物，就會開心得手舞足蹈。

「那許維婷我來聯絡好了。」周曉霖自告奮勇。

「沒關係，我有她的 line，我傳訊息跟她說一聲。」

李孟奕說完，馬上掏出手機，找到之前與許維婷聊天的對話框，動作迅速的打好字句傳過去。

沒幾分鐘，許維婷就回訊息來了，她說：「有禮物當然一定要到啊！我可不想錯過我的禮物。」

李孟奕把許維婷回的訊息遞給周曉霖看，自己在一旁笑嘻嘻的，十分開心的模樣。

周曉霖覺得她好像已經很久沒有看到李孟奕這樣子笑了，之前在醫院時，李孟奕就算笑，眉宇間仍有某種揮之不去的憂傷，感覺心事重重的。

每次周曉霖看見，心裡總難免心疼，她記憶裡的李孟奕不應該是這個樣子的。

他應該是個無憂無慮的大男孩，他應該要笑得嘴都快咧到耳邊才對，他應該擁有無比的熱情與活力……而不是連微笑都有所顧忌，都笑得那麼不快樂。

周曉霖看過許維婷傳來的訊息後，也笑了，看完後，她伸長手，打算把李孟奕的手機遞還給他，而當李孟奕伸手接過時，手指頭不小心碰觸到周曉霖的，瞬間，她的手就像觸電般抖了一下，連忙將手縮回去，心臟卻不可抑制的狂跳起來。

她瞥見李孟奕臉上也不太自然卻又強自鎮定的表情，感覺自己體內的血液充滿了不安分的因子，不停在身體的各個角落流竄……有什麼東西好像慢慢地從沉睡中甦醒了……

接下來的時間，兩個人很有默契的默默用餐，吃光桌上所有的食物，當然，李孟奕解決了大部分的，因為周曉霖煮了一桌全都是他喜歡的菜餚。

吃過晚餐後，李孟奕自告奮勇的說要洗碗，本來周曉霖不肯，說來他家打擾已經很不好意思了，至少要分擔家務。

「但是妳是病人，病人就應該要多休息。」一句話堵得周曉霖無力反駁。

最後，周曉霖只好坐回沙發上，繼續看她早上從李孟奕書房裡找到的一本翻譯小說。

那本書說的是關於急診室的故事，故事節奏很緊湊，看著很容易就陷入故事情節裡。

其中某些章節會讓人有些小感動，好幾次，周曉霖看著看著，眼眶都濕潤了……

今天早上李孟奕去上班後，她閒著無聊，就跑進李孟奕的書房裡挑書，才發現，李孟奕買的書居然全都跟醫療有關，周曉霖覺得他根本就走火入魔了。

只是，這麼好看的一本急診室故事，現在的她卻怎麼樣都無法定下心閱讀，明明已經看了五分鐘，怎麼頁數還停留在同一頁，而且完全不知道書裡在講些什麼……明明早上跟下午都讓她看得入迷的書，為什麼現在讀起來卻索然無味？

周曉霖完全沒有意識到，自己幾乎是以每二十秒一次的頻率，抬頭偷瞄站在洗碗槽前專心洗碗的李孟奕的背影。

洗好碗，李孟奕也來到客廳，不過大概是擔心周曉霖會緊張無措，所以他並沒有直接坐在她身旁，而是坐在隔她一個座位的沙發另一側。

他找出楊允程給他的名片，撥通電話。

「在忙嗎？」電話好像馬上就接通了，李孟奕神色愉悅的笑著問對方。

周曉霖看著李孟奕始終微笑著講電話的臉龐，有些出神。

李孟奕並沒有耽誤楊允程太多的時間，他知道大老闆有時候忙起來，程度簡直跟醫生不相上下，多年的行醫經驗，讓李孟奕學會長話短說。

「楊允程說他這個星期六有空，我約他來吃晚餐，剛好許維婷也週休，我等等問她要不要提早星期五就過來，可以先跟妳作伴。」

李孟奕體貼的言語，一直都是周曉霖熟稔的，在失去他一段時間之後，再度聽到這些溫暖的話語，心裡難免又是一陣悸動。

看著李孟奕，周曉霖心裡模模糊糊的想著，如果有一天，自己又跟李孟奕走在一起了，那麼她能不能真的勇敢起來？能不能不理會李孟奕他媽媽的無情言語？能不能為了他而變得勇猛無敵、百毒不侵？能不能不再隨隨便便因為一個威脅自己怯懦退縮？

以前媽媽還在的時候曾說過，她是個善良的孩子，但因為太善良，所以臉皮薄、膽子小、經不起別人的批評，只要人家一說起她不好的地方，她就會膽怯、逃避，把自己藏起來。

「其實善良的人也可以是勇敢的，只要覺得那是件對的事，妳就要勇往直前，即使路上佈滿荊棘也要咬著牙、忍著痛，走過去，因為走過之後，妳就會看見更美的風景。」媽媽那時是這麼告訴她的。

或許你就是我生命中最美麗的風景。

李孟奕不是沒有猜測過楊允程對周曉霖的心思。

以一個男人看另一個男人的眼光來說，楊允程算是脫胎換骨得相當成功。明明國中成績不怎麼樣，高中也只是勉強的念了間不怎麼有名的職校，甚至還交了壞朋友，差點誤入歧途，然而在他們失去聯絡的那段時間裡，他居然以高中學歷創業，從一間小小的模具製造公司，擴展到現在這般規模，還接起工具機的訂單……

李孟奕覺得楊允程真的不簡單，他以有限資源，創造無限可能。

反觀他，雖然會讀書，收入卻比不上國中老是吊車尾的楊允程，真是令人汗顏。

如果以女生的擇偶眼光來看，聰明一點的，應該都會選擇像楊允程這種事業有成，長相又不差的男性吧。

李孟奕在心裡偷偷的祈禱，希望周曉霖不是那種太聰明的女生，最好笨一點、再念舊一點……他可不願意將來周曉霖的喜帖會是他的請帖啊！

星期五晚上，許維婷提早下班，直接搭火車北上，還跟李孟奕約好晚上六點半在火車站碰面，由他負責接她過來。

周曉霖的傷口已經復原得差不多了，走路時也不用再時不時按著傷口，所以星期五下午，她步行到李孟奕住處附近的一間生鮮超市買了幾樣菜，準備煮一頓晚餐招待許維婷。她還特別打電話囑咐許維婷要記得留肚子吃晚餐，不可以偷偷買點心餵飽自己。

不過她煮的依然是合李孟奕胃口的菜。許維婷來的時候，看到那四菜一湯，馬上苦著臉，回頭對著李孟奕說：「這分明就是為你而做的料理，我不過是陪客。」

酸溜溜的話鑽進周曉霖的耳裡，耳朵瞬間紅了起來。

「喂，妳別亂說。」

周曉霖伸手打了下許維婷的手臂，又對她擠眉弄眼的使臉色，倒是一旁的李孟奕聽見許維婷這麼說，藏不住好心情的咧嘴直笑。

許維婷的出現，讓李孟奕的房子裡增添了不少笑聲。

吃過晚餐後，許維婷說要幫忙洗碗，平常老搶著要洗碗的李孟奕這會兒倒不搶了，他說：「妳這麼說就對了，女孩子嘛，多做點家事是好的，留個好的習慣給別人探聽一下，免得日後嫁不出去。」

「你幾時變得這麼沙文主義了？」聽李孟奕這麼說，她忽然一股氣升起來，忍不住反唇相譏，「難道做家事就只是女生的工作？男生都不用幫忙分擔？喂，你搞清楚，現在女生的工作能力跟賺錢實力比男生好的大有人在，憑什麼家事就是女生的工作，男生回到家就只要負責吃喝拉撒睡？」

李孟奕沒料想到她會突然發脾氣，一時被嚇到，楞在一旁。

這個丫頭是怎麼了？剛才不是還好好的嗎？而且他說話也帶著開玩笑的成分啊，許維婷並不是開不起玩笑的人，平常他用這種語氣跟她說話，她雖然會跳腳，但還不至於真的動怒，怎麼今天倒是反常了？

周曉霖見氣氛不對，馬上跳出來，臉上堆滿笑容，輕輕的拉了拉許維婷的手，試著打圓場，「欸，李孟奕是開玩笑的啦，妳怎麼就認真了呢？他平時跟妳講話不就是這樣不正經的嗎？大家都認識那麼久了，妳也知道他的個性嘛！不熟的朋友他才不會這樣說話呢！就因為是老朋友，他才口無遮攔嘛。好了好了，碗放著我來洗就好，你們都去客廳看電視吧。」

「我才不要跟他一起在客廳看電視呢！誰要跟他在一起呼吸一樣的空氣？」許維婷板著一張臉，不爽的瞪著李孟奕。

被瞪的人則是一臉無辜，完全不知道她到底在發什麼大小姐脾氣。

周曉霖瞅著他們兩個人，為難的偷偷嘆了口氣……

「喂，」周曉霖又拉拉許維婷的手，小聲的問：「妳真的生氣了？」

許維婷沒說話，眼眶有點紅紅的，看起來像受盡委屈的小媳婦。

「好了啦，不要生氣了。」周曉霖最不會處理這種狀況，她嘴笨，不太會安慰人，也不太會排解紛爭。「看我的面子，好不好？拜託啦！求求妳……」

許維婷看了周曉霖一眼，最後順著她鋪好的台階下，卻仍然嘴硬的指著李孟奕，命令似的說：「你留在這裡，我去客廳看電視。」

李孟奕不敢反駁，這許維婷發起脾氣來，簡直就像頭瘋了的獅子，張開口就想咬人，他可不敢造次。

周曉霖覺得李孟奕真可憐，只是說笑過頭，卻被許維婷狂飆，她沒看過許維婷這麼凶的模樣，老實說，自己也有點被嚇到。

就在許維婷到客廳看電視後，周曉霖看了一眼可憐兮兮的李孟奕，有些捨不得的問：「你要不要回書房看書，或研究病患的資料？」

吃過晚餐就去書房看書或繼續工作，是李孟奕一直以來的習慣。

李孟奕誠惶誠恐的小聲說著：「妳沒聽到剛才女王叫我要乖乖待在這裡嗎？我怎麼敢

亂跑？」

周曉霖不是沒見過李孟奕逗趣的表情，但看到他用這麼認真又惶恐的表情稱呼許維婷為「女王」，就又覺得好笑了。

「那你要繼續在這裡罰站，直到她氣消？」

「大概只能這樣子了吧！」李孟奕咬了咬嘴唇，無可奈何的說：「女生果然是不能惹的，生起氣來真是太可怕了。醫院的前輩曾經引用網路上的名言對我說：一個月流血七天還不死的生物，本來就是這個星球上逆天的存在……果然沒錯！」

周曉霖「噗哧」一聲笑了。

「很可怕好不好？」李孟奕嘴裡哀怨著，嘴角卻藏不住笑意，「妳還笑得出來？我都快嚇死了。」

「那你去切盤水果向她請罪吧。冰箱裡有芭樂跟蘋果，我下午買的，都是許維婷愛吃的水果，你切一切拿去給她吃，她就會氣消了。」

李孟奕連忙開冰箱拿水果，然後認真的在周曉霖身旁削果皮、切水果。

周曉霖一邊洗碗，一邊教他怎麼用湯匙挖芭樂籽。

兩個人站在一起小聲的交頭接耳，一副和樂融融的畫面，映入許維婷的眼裡，讓她在心裡偷偷竊笑。

其實她才沒有生氣呢！

那段藉題發揮的怒火只不過是場戲，因為她實在看不下去了，那兩塊木頭，明明都那麼喜歡對方，卻死都不肯往前踏出一步。一個還在顧忌對方的媽媽不喜歡她，一個則是在猜測另一方的心思……坦率說句「我還喜歡你」有這麼難嗎？人生還能有多少時光讓他們這樣子蹉跎？

更何況，愛情是經不起蹉跎的。

所以她在李孟奕載她過來的路上，豪氣萬千的拍胸脯承諾，「我來幫你。」

所以她才會假裝大動肝火，指著李孟奕的鼻子，命令他不准離開廚房。因為她抓準了周曉霖心軟，一旦李孟奕被她強迫待在廚房，周曉霖必然也會留在那裡陪他。

她是在幫那兩個呆頭製造機會啊！

希望他們不會辜負她破壞形象、搏命演出的一番苦心。

◉如果你不在我的未來，即使過程再精彩奪目，也不是我想要的腳本啊！

李孟奕上班的醫院裡，有許多仰慕他的女護理師，還有一個兒科的學妹醫師，總有意無意的找機會跟李孟奕聊天。根據可靠消息指出，那位小李孟奕三屆的學妹正是為了他，才選擇到他們醫院服務的。

聽說她從大學時代就開始暗戀他了。

關於那些捕風捉影的傳言，李孟奕多少也聽說過，不過實際情形是，根本沒有半個女生向他告白過。

與女生相處，李孟奕總是很君子，面對她們時，他始終保持某種距離的客套，不會過分親近，也不會刻意疏離。

反而是跟學長學弟們相處時，他可以有說有笑，午餐時間，他也都只跟男生一起到員工餐廳用餐，久而久之，另一種可怕的傳言就伺機而動了——有人說，李孟奕其實不愛女色，他雖然交過女朋友，不過那女生只是一個幌子，李孟奕其實是gay……

初初聽到這樣的傳言，李孟奕在告訴他消息的學弟面前露出錯愕表情，旋即無可抑制的大笑出聲，學弟見他笑得誇張，也跟著傻傻笑起來。

他並不想多費唇舌去解釋這種莫名其妙的傳言，與其浪費時間解釋，不如多花點力氣研究病患的病例，寫一些臨床經驗，以供日後醫學研究引證使用。

後來還是那位兒科學妹忍不住好奇心，利用某個午餐時間跑到員工餐廳，一屁股坐在李孟奕旁邊的空位上，也不管同桌用餐的學長如何吃驚的看著她，劈頭就問：「學長，你到底是不是gay？」

李孟奕因為她直白的詢問方式而一時無法反應，楞了五秒鐘才慢慢的搖頭。

「所以那些傳聞都是假的囉？」

李孟奕又木然的點頭。

一抹如釋重負的微笑在學妹的臉上綻放開來，她沒再多問什麼，起身離開。

那天之後，李孟奕是同志的消息傳得更盛了，來自小護理師們的仰慕眼神愈來愈少，倒是兒科小學妹來找李孟奕聊天的次數更多了。

晚上，許維婷跟周曉霖擠一張床睡，這對閨蜜躺在昏黃燈光照耀的寢室床上，有一搭沒一搭的聊著天。

許維婷問起周曉霖傷口復原狀況，周曉霖說前天本來要回診的，但李孟奕不知道怎麼了，跟她說不用再回診，要她拉起自己的衣服，讓他檢視傷口就好。

「我緊張死了……哪有人這樣幫人家看傷口的？就算他自己本身是醫生，也不可以這樣子吧？」

即使已經過了兩天，但一想到那天的狀況，周曉霖還是不能控制的臉紅。

許維婷一聽樂翻了，激動的抓著她的手問：「那他有沒有說為什麼不帶妳去回診？」

周曉霖搖頭，「大概是要趕著上班吧。但其實我一個人也可以坐計程車回醫院啊，不知道為什麼他那麼堅持要幫我看傷口，說復原得很不錯後，就要我在家好好休息了。」

許維婷沒有馬上搭腔，她翻了個身，趴在床上，用右手支著下巴，又伸出左手食指戳了周曉霖的額頭兩下，揚著輕快的語調說：「妳喔，明明就不笨，怎麼一些小細節都看不出端倪來？」

周曉霖被說得莫名其妙，睜圓了眼看許維婷。

「什麼意思？」她問。

「妳真的不懂李孟奕為什麼不載妳回診嗎？」

周曉霖想了想，接著認真的搖頭，又強調似的重複了一句，「不就是趕著要去上班嗎？」

「呆瓜！」許維婷受不了的又伸出手指頭再戳了她一次，「他是不想讓其他男生看到妳的身體啦！」

許維婷一說完，房間裡有兩秒鐘的沉寂，隨後，周曉霖輕笑出聲。

「妳才呆瓜！」她笑個不停，「不過就是讓醫生看看肚皮上的傷口，肚皮又不是多私密的地方，很多女生穿衣服都喜歡露出小蠻腰，不是嗎？妳的說法才奇怪，而且李孟奕哪是這麼小氣的人啊？」

「李孟奕不是小氣的人，」許維婷用一副「妳怎麼會把事情想得那麼簡單」的表情盯著周曉霖，「但是，如果對方是他喜歡的女生，他恐怕就沒辦法大方了。」

一句話塞得讓周曉霖不知道該怎麼接話。

她其實可以感受到李孟奕對她還有殘存的餘情，但她不能確定這樣的感情是出於老朋友的關心，或者是出自真心的喜歡。

相處的這幾天，她又漸漸習慣李孟奕陪伴在側的日子，雖然他從沒說過「復合」或「重新開始」之類的話，跟她聊天的內容也大多是關於天氣或時事新聞的話題，但這樣的相處方式，很簡單、很舒服。

有人說，情人不一定能陪伴到最後，有時當朋友，反而更能長久。

周曉霖也不是沒設想過，如果她跟李孟奕最後還是沒辦法回到最初的戀人關係，那當好朋友，就像她跟楊允程那樣，也是人生裡另一個美麗的抉擇。

讓自己喜歡的人一直在身旁陪伴著，即使不是情人關係，也很幸福。

「說不定他……已經另外有喜歡的人了。」

半晌，周曉霖低聲咕噥著。

「妳這又是從哪裡天外飛來一筆的猜測啊？」

許維婷一直用手撐著下巴，沒多久手就麻了，她放棄的重新躺好，側著身看周曉霖，瞧見她下意識的微蹙眉頭，就明白她才不像自己嘴裡說的那麼瀟灑又隨緣，她應該也還沒做好萬一有一天不小心看到李孟奕牽著別的女生的手的心理準備吧。

「就……就覺得嘛！這也不是不可能的事，對吧？再怎麼說，依李孟奕的條件，要找個女朋友也不是太困難的事啊。」

「但問題是，他是個變態呀！」

「啊？」

聽見許維婷說李孟奕是「變態」時，周曉霖因為過度吃驚，嘴巴自然而然的張開後，就沒留意要闔上。

「他從國中就開始喜歡妳，然後整個高中都在暗戀妳，一直到大學才跟妳告白，和妳交往。你們分開後，那個笨蛋就像個瘋子一樣拚命找妳，好不容易看起來像走過情傷了，卻變成一個工作狂，每天從早忙到晚，就連休假日也宅在家裡看資料或寫臨床經驗報告，」許維婷頓了頓，換了個略微沉重的語氣說：「有件事，妳一定不知道吧？」

「什麼？」

「在李孟奕工作的醫院，流傳著一個傳聞。」

「什麼傳聞？」

「他們說，李孟奕是……gay！」

周曉霖本來在床上躺得好好的，聽見許維婷這樣子說，倏地從床上坐起來，以為自己聽錯。她楞了三秒鐘，才用不可置信的語氣問道：「妳剛才說，他們醫院在傳李孟奕是……gay？」

許維婷認真又肯定的點頭。

「GAY……的那個gay？」

「同性戀的那個gay？」

「嗯。」

「對。」

「啊……」周曉霖完全被雷倒了，她嘆了口氣，無可奈何的說：「想不到也才過了幾年，他的變化居然這麼大！」

「喂，周曉霖……」

許維婷才要開口，馬上就被周曉霖打斷，她轉頭問她：

「那李孟奕……是〇號還是一號啊？」

這回，換許維婷被雷了……

真正的愛是說不出口的，只有心跳能幫你回答你有多喜歡他。

其實李孟奕並不討厭那位兒科小學妹，長得漂亮是其次，重點是她在兒科的風評很好，聽說對小孩很有耐性，有許多孩子的家長都指名要掛她的號。

學妹叫吳歆愉，除了長相跟身材令人稱羨之外，還是個活潑大方又熱情的女生。

胡禹承也認識這位學妹，在李孟奕孤家寡人，還沒有周曉霖任何消息的那段時間，他曾經打趣的對李孟奕說：「其實換換口味也不錯，你太冷靜了，的確需要一個會吵鬧的人來刺激刺激你的心臟，免得你覺得這個世界太平淡，平淡得太無味，無味得太枯燥，枯燥得想跳汨羅江找屈原訴苦。」

「我哪有這麼悲觀？」

「不是悲觀，是不抱希望。」

「還不是一樣！」

胡禹承笑了笑，又擠眉弄眼的對李孟奕說：「喂，我說真的，吳歆愉真的很不錯，聽說她在一堆未婚的男醫師堆裡面人氣很高的，只可惜，那麼美的一朵鮮花，居然只喜歡你這隻『口木豆頁我鳥』，真是可惜了她那身好條件。」

「口木豆頁我鳥是什麼？」

「呆頭鵝啦。」

「胡禹承，你醫師不好好當，學人家玩什麼拆字？很無聊耶你。」

「還不都是洛英，她有一陣子超喜歡把字拆開來唸，還要我猜她在說什麼，久了，就被她成功影響啦！」胡禹承頓了一下，馬上又把話題拉回來，「所以我覺得你其實可以試著跟吳歆愉交往看看，說不定你會覺得她不錯。」

「你真的覺得她不錯？」

「廢話！不然我幹嘛跟你提議？」

「既然你覺得她不錯，那你要不要把洛英讓給我，然後你去跟吳歆愉交往？我聽說你被歸在『天菜』那一類，吳歆愉應該會很樂意讓你去照顧她。」

「我才不要！」一扯到洛英，胡禹承整個人立刻變了一個樣，捍衛主權的意味濃厚，「而且我幹嘛要把我的洛英讓給你？你哪位啊！」

李孟奕看見胡禹承激動的反應，笑得嘴角彎彎。

「所以你不要再給我亂出主意了，除非周曉霖結婚，不然我永遠不會放棄她，也不會在她結婚前交別的女朋友。在我心裡，她，周曉霖，就是我的女朋友。」

星期六傍晚，楊允程拎著大包小包來到李孟奕家，在他到達前五分鐘，李孟奕便先到樓下管理室等他，再帶他一起上樓。

楊允程走進李孟奕家時，看見滿桌子的菜餚，還有站在餐桌旁偷捏菜送進自己嘴巴裡的許維婷。

「喔，偷吃！」楊允程當場抓包許維婷偷吃，毫不客氣的指著她，說：「妳有沒有羞恥心啊？客人都還沒入座，妳居然敢偷吃！」

「我也算是客人啊。」許維婷理直氣壯的回答，說完又捏了塊烤雞肉，大大方方的放進嘴裡。

正巧周曉霖這時從廚房裡拿了碗筷過來，一邊擺碗筷，一邊衝著楊允程笑，「餓了嗎？快去洗手吃飯囉！今天這桌菜是李孟奕特地去餐廳訂的外燴，剛送過來，還熱著，快點坐下來吃吧。」

楊允程見周曉霖一副女主人姿態，心裡有說不出的難過，才幾天的時間而已，她跟李孟奕的感情就已經完全復燃了嗎？

吃飯的時候，楊允程顯得異常熱情且多話，整場幾乎都是他的聲音。

周曉霖看著這個一反常態的楊允程，不知道他是怎麼了。雖然他的臉是笑著的，但她卻能深刻感受到他心裡的不快樂。

楊允程自己帶了兩瓶紅酒過來，他跟李孟奕說了紅酒的名稱跟年分，李孟奕一聽完，連忙說：「這兩瓶酒太貴了啦！你不要開，帶回去先放著，等有重要客戶來時，再拿出來請他們喝吧。」

「有什麼客戶會比老朋友重要？」楊允程笑嘻嘻，一副開心模樣，「拿來就是要喝的，我可不想再拎回去囉。」

周曉霖對不懂得如何辨識酒的優劣，也聽不懂酒的名字跟年分，不過她明白楊允程對朋友總是比對自己還大方。

楊允程曾對她說過，他欠了李孟奕一個天大的人情，如果有一天能再遇到李孟奕，不管李孟奕拜託他什麼事情，再困難，他都一定會赴湯蹈火，因為那是他欠李孟奕的。

那時周曉霖沒有問他跟李孟奕之間到底有什麼糾葛，不過她明白，楊允程是個重感情的人，任何曾經幫助過他的人，他都會把對方的恩情點滴記在心裡，找機會回報。

在楊允程的堅持之下，先開了其中一瓶紅酒。李孟奕拿了紅酒杯給他，楊允程邊倒邊說：「這紅酒的年分夠老，不用醒酒，來，你喝看看，是不是很香？」

李孟奕啜了一口，微笑著，「果然不錯。」

楊允程得到稱讚，臉上的笑容加深了，「這酒是去年朋友出國，我託他帶的，還好沒讓我們失望。」

周曉霖喝不出來紅酒的特別之處，只覺得好喝，像葡萄汁。

許維婷也喝不出這杯紅酒有什麼不一樣，平常她最喜歡把啤酒當飲料喝，而且是要加滿冰塊的啤酒，所以如法泡製，在自己的紅酒杯裡放滿冰塊，又把那瓶紅酒拿過來，將酒注入了自己的杯子，幾近全滿才停手。

「許維婷，妳好浪費。」

楊允程率先發現許維婷的誇張行徑，忍不住唸了她幾句。

「有人像妳這樣糟蹋名酒的？」李孟奕忍不住嘴邊的笑。許維婷簡直就像是個天兵，老會有搏君一笑的驚人之舉。「這樣有比較好喝嗎？」

許維婷的嘴角沾著酒的殘液，天真的揚起笑，「當然啊！冰塊是全世界最盡責的配角，所有的飲料只要加了它，再怎麼難喝都會瞬間脫胎換骨，升級到好喝的境界，你們要不要也來些冰塊？廚房那個冰箱好大，裡頭的冰塊好多，你們不要客氣啊！」

「一副這裡是妳家一樣！」楊允程也被她逗笑，「還不要客氣呢！」

「本來就不要客氣嘛！大家都是自己人，假裝客氣會被說是矯情，那可不是我的

style。」

許維婷理直氣壯的回嘴，淘氣的皺起鼻子說話的模樣像個小女孩，把其他三個人都逗笑了。

李孟奕直接起身走到冰箱前，從裡面取出兩瓶冰啤酒，又從櫃子裡拿出一個生啤酒杯，放在許維婷面前，說：「這兩瓶讓妳倒在啤酒杯裡加滿冰塊喝，妳不要再汙辱那兩瓶出身名家的紅酒了。」

楊允程連忙向李孟奕比個「讚」的手勢，頗有心有戚戚焉的感動。

許維婷睜圓了眼，不敢置信的瞧著李孟奕，大聲的說：「哥哥，你居然這樣對我？」她的那聲「哥哥」特地加重音，嘲諷的意味濃重。

李孟奕只是笑，沒回話，轉頭要楊允程快點吃，還夾了些菜放進周曉霖的碗裡。

席間，楊允程吃得少，倒是紅酒大部分都是他喝掉的，兩個男人舉杯互敬時，李孟奕只是小口啜飲，楊允程卻總是一口乾掉，再自己斟滿。

他們聊的話題很廣泛，這些年，楊允程出國的機會多，也像一些大老闆一樣一天讀好幾份財經報紙，所以肚子裡到底是有些墨水的。

於是兩個人就聊起進出口貿易、ＧＤＰ、股票、國際經濟情勢這一類女生們幾乎不感興趣的話題。

許維婷才不管他們聊什麼呢，她只管往自己喜歡的食物進攻，順便夾些東西餵食周曉霖，有時跟周曉霖交頭接耳說哪一道食材烹調得很夠味，有時卻又批評某道菜煮得不夠道地，搞得好像自己是美食專家一樣。

周曉霖不是很專心的吃著飯，她無法克制自己，總不時留意著楊允程的反應，他今晚表現得很開心，笑得特別大聲，說話的嗓音也充滿開朗的活力，但只有周曉霖看得出來，他有心事。

那不是她認識的楊允程。

◉喜歡有很多種，但不管是哪一種，都足以證明你在我心中擁有舉足輕重的地位。

吃過晚餐後，楊允程有點醉了，臉紅通通的，眼神中帶著迷濛，說話速度變慢了些。

周曉霖這才知道，原來楊允程的酒量並不好。

許維婷跟周曉霖在廚房洗碗時，許維婷問：「楊允程是不是心情不好？以前一起吃東西時，他喝酒也沒這麼猛。」

周曉霖以為許維婷剛才只顧著吃，沒想到她也觀察出楊允程的不一樣。

「我不知道，不過我覺得他今天真是怪怪的。」

「該不會是在吃醋吧？」

「吃什麼醋？」周曉霖轉頭看她。

「吃……」許維婷突然驚覺自己口快，猛然住嘴，發現周曉霖正用好奇的目光盯著她看，才又心虛的接下去說：「算了，妳當我沒說，把這段記憶刪除吧。」

但其實就算許維婷沒說下去，周曉霖也知道她心裡在想什麼。

這一刻，她反而感謝許維婷打住了這個話題，因為楊允程對她超乎尋常的照顧態度昭然若揭，就差沒親口對她告白而已。

周曉霖不想要這樣，她寧願大家都停留在相互友好的原點，不要有她掌握不住的新關係發生。

洗好了碗，周曉霖跟許維婷端著水果回到客廳裡，李孟奕正坐在沙發上看HBO播放的電影，是部鬼片。許維婷最喜歡看這種嚇死人不償命的片子，歡呼一聲後，連忙奔到李孟奕身旁，抓了個抱枕抱在胸前，盤腿挨著李孟奕坐下。

「坐過去一點啦！幹嘛黏著我？」李孟奕推她一下。

「我會怕嘛。」許維婷像個不倒翁似的晃了晃身子，又繼續貼上去。

「會怕就不要看啊。」

「不看會心癢癢嘛！」

「那妳可以坐過去一點嗎？這樣靠著我，我會不舒服啊。」

「反正你是哥哥嘛，哥哥讓妹妹擠一下會怎樣？我又不會吃掉你。」

「可是我不習慣啊。」

「十分鐘後你就習慣了啦！」許維婷不看他，眼睛死命黏在電視上，在李孟奕又要開口反駁前，她先聲奪人，「好啦，安靜安靜，鬼就快要出來了，你先不要吵，我要專心看了。」

接著在鬼怪出現時，發出一陣嚇死人的尖叫聲。

「妳要不要換台看？」李孟奕受不了的瞪著她，「妳這種叫法，鄰居會以為我家發生凶殺案，等等警察就會來關切了。」

許維婷只好摀住嘴，拚命忍著，但不到一分鐘，她又尖叫了，不過這次她用自己的手掌心摀住嘴，分貝明顯小了許多。

周曉霖在客廳坐了一會兒，始終沒看到楊允程，便好奇的詢問李孟奕。

「他說自己好像有點茫，要到陽台吹一下風。」

「我去看看他。」

說完，周曉霖直接開了客廳落地窗，走到陽台上，和楊允程並肩站著。

楊允程沒轉頭，卻能感覺周曉霖來到他身旁。

周曉霖學他把身體倚靠在欄杆上，望著遠方的夜景。

誰也沒有開口說話，誰也不想先打破這片刻的寧靜。

過了幾分鐘，楊允程先開口了，他的聲音低低的，帶著沉沉的嗓音。

「很久以前，我暗戀過妳，妳知道嗎？」

周曉霖沒回答，她知道那是國中時的事。她一直沒有忘記楊允程遞給她的那封情書，雖然她沒看內容，甚至當著他的面直接撕掉它，不過楊允程是第一個寫情書給她的男生，多少滿足過她少女時代的虛榮心。

「被妳拒絕後，我交了一個女朋友，還不小心讓她懷孕了……打掉孩子後，我也失去了她，之後，我就不敢再喜歡女生，就像沒有根的浮萍一樣，一個人東飄西蕩……然後妳又出現了，曾有過的喜歡感覺也全都回來了。」

「……不要再說了，楊允程……」

周曉霖的聲音很微弱，甚至有點顫抖，她好害怕楊允程再說下去，她不想他們努力維繫的友情毀於一旦。

這一刻，她情願自己是鴕鳥，只要把頭埋進沙堆裡，就能杜絕那些不斷透過耳膜傳進腦海裡的字句。

可是楊允程不停嘴，繼續說：「曾經有一段時間，我很慶幸我又能重新遇見妳，更慶幸再次相遇的妳，身旁沒有照顧妳的另一半，我以為那是老天爺給我的機會，讓我能再度擁有屬於我的幸福，但是另一方面我又很害怕，害怕妳還像以前那樣，完全不留情面的否定我的感情，所以我只好等，等妳有一天可以喜歡上我……」

楊允程說完，轉頭凝睇著周曉霖，聲音裡透出某種程度的絕望，他問她，「那麼，妳後來喜歡上我了嗎？」

周曉霖很難過，那是一種泫然欲泣的無助感。她沒有愛上他，有的，僅僅只是喜歡，朋友對朋友的那一種。

楊允程還在等她的回答，時間彷彿靜止了一樣，周曉霖看著他，淚水慢慢地在眼底匯聚，眼眶太淺，盛不住鉛一般沉重的眼淚。

「我知道了。」楊允程愴然一笑，什麼都明白了。

他轉身，打算回屋子裡，周曉霖卻在他邁出步伐時，迅速抓住他的手。

「……我們，還能是朋友嗎？」哽咽的聲音，敲痛了楊允程的心，周曉霖重拾勇氣，注視著他的眼，淚水卻沒辦法止息，她問他，「還可以像從前那樣，一起嘻笑、一起吃喝玩樂嗎？」

太習慣有他在身旁吵鬧的日子了，所以沒辦法想像他突然消失，自己會變得怎麼樣。

楊允程搖搖頭，眼底的絕望宛如黑洞，沒了昔日的光采。

「可能我……需要一些時間沉澱。」他勉強的笑了笑，「不過我相信妳很快就能幸福起來的，畢竟妳又遇見李孟奕啦。」

楊允程話說完，周曉霖的眼淚流得更急更凶了。

不是這樣子的！你們兩個人分別在我的生命裡扮演著不同的角色。我喜歡你，是因為你是我的好朋友，有你在的地方，總是特別的熱鬧、歡樂，你就是有辦法讓我開心的微笑，毫無芥蒂的讓我對你生氣又和好；但他是我喜歡的人，他是我想保護、想與他一起分享幸福的人。他可以聽我說話，可以分擔我的傷心或憂慮，可以在我迷惑時冷靜的分析重點給我聽。你跟他都是我在乎的人，我的生命裡必須要有你們才會真正完整啊。

周曉霖這麼想著，那些說不出口的話，此刻像利刃，正一刀一刀的切割著她的心。

最後，她輕輕地鬆開自己的手，讓他走。

如果那是楊允程的選擇，她也只能接受。

畢竟是她先辜負他的。

愛情就是這麼殘忍，她沒辦法喜歡他，所以不能給他機會，否則只會給他帶來更深的傷害。

也許楊允程會討厭她，但她知道，他永遠都不會恨她。

愛情是世界上最殘忍的東西，並不是你願意付出真心就能得到，也不是你不喜歡就會消失。

楊允程很愛吃美食，他說那是他紓壓的方式，不過很奇怪，他不管怎麼吃都不會胖。

他最愛吃那種又酸又辣的異國美食，尤其是湘菜跟泰國菜。

三天兩頭的，每次只要他嘴饞，就要找周曉霖當陪客，如果周曉霖不肯，他就耍點小心機，把自己說得多可憐、多沒人要、多孤單……周曉霖往往會心軟被騙，最後乖乖赴約。

楊允程不是真的找不到人陪，但比起那些人，周曉霖才是他最想約的對象。他總擔心周曉霖一忙起來就會忘記吃飯，所以帶她去吃酸辣的東西，幫她叫一大碗白飯，她總能很快速的就把白飯嗑光光。

只要她把白飯吃完，楊允程就會開心的笑，嘴上卻還是不忘使壞的損她，「我看妳其實也滿有實力的嘛！『小鳥胃』這三個字一定沒辦法跟妳畫上等號。」

周曉霖總會惡狠狠的瞪他。

不過周曉霖笑起來的樣子很漂亮，瞪人的模樣更是風情萬種，魅力十足。

因為他喜歡她，所以她的一舉一動，對他而言，都是種美麗。

然而，歡笑過後的寧靜，其實最寂寞。

每次跟周曉霖分別，開車回自己家的路上，楊允程的心總是一陣又一陣的抽痛，他總想，這樣的情況還能維持多久？他明白周曉霖是個死心眼的人，對感情又特別執著，她與李孟奕的那段愛情，怕是此生無人可以取代吧！

可偏偏他對她還有期待。

甚至他曾壞心眼的祈禱過，希望李孟奕不會再出現在她的世界裡。

或許只有她對李孟奕死心了，他才有機會住進她的心裡。

他還在等那一天的到來，然而李孟奕又再度出現了，在那一瞬間，他聽到自己的胸口傳來「哐啷哐啷」的聲音。

那是心碎掉的聲音……

楊允程推開落地窗，走進客廳，他沒關上窗，所以站在陽台上的周曉霖可以清楚聽到楊允程跟李孟奕、許維婷道別的聲音。

她的胸口一陣一陣的刺痛著。

就這麼結束了嗎？這些年來的交情，就這麼全劇終了嗎？他甚至連句「再見」也沒有好好對她說呢！

大門打開又關上，楊允程離開了，周曉霖覺得自己也被他關在他的心房外。

許維婷還在悶聲尖叫，那部鬼片可能正進入高潮，許維婷的尖叫聲一直斷斷續續沒停過，惹得李孟奕快抓狂，警告她不得再尖叫，否則他就要轉台。

周曉霖抹掉臉上的淚，告訴自己不可以再哭了，李孟奕會看出端倪的。她擔心他會追問她原因，她不想要其他人太多的關心，那些關心會誘發自己悲傷的心情。

她又站在陽台上一會兒，想等心情完全平復再進去，她知道自己哭的時候鼻子總會紅紅的，一看就知道哭過了，此刻，她只想毀屍滅跡，不讓人看見她的難過。

她從長裙口袋掏出自己的手機，發了封簡訊給楊允程，簡訊裡寫著：

「楊允程，對不起。」

過沒兩分鐘，她的手機簡訊聲響起，楊允程回傳了訊息。

「別想太多，好好休息。」

生疏又禮貌的客套語句令她心痛，他真的已經拒她於千里之外了嗎？他，還是沒有跟她說「再見」。

周曉霖摀住自己的口鼻，感覺自己好像又快哭了。

「怎麼了？」李孟奕突然走出來，拿了件薄外套套在她身上，站到她身旁，看著她問：「鼻子紅紅的，妳哭了？」

平淡的語調，沒有太多的驚訝，彷彿他早知道一般。

周曉霖知道自己沒辦法粉飾太平，誠實的點頭後，又說謊，「跟楊允程有點意見不合，生起氣來就不知不覺的哭了。」

「喔。」單音調的哼了聲，算是回應。李孟奕沒再多加追問，只像從前一樣的摸摸她的頭，告訴她，「別想太多。」

體貼的溫柔，總是讓周曉霖忍不住心動。

那天晚上，許維婷因為那部鬼片，情緒太激動，耗盡心力的尖叫過後，整個人呈現虛脫狀態，回到房間，一碰到枕頭，人就睡死了。

周曉霖躺在她身旁，卻怎麼樣也睡不著，整個腦袋裡，都是楊允程臉上悲傷的神情。翻來覆去半個小時後，她放棄再強迫自己入睡，反正人睡不著，就乾脆起床，打開房門，來到客廳。

她去廚房裡倒了杯溫開水，用雙手捧著，經過李孟奕房間時，她看見李孟奕的房門底下的門縫是暗著的，但隔壁的書房門板下卻透出光。

李孟奕又在加班了吧！她想。

周曉霖躡手躡腳的走回客廳去，開了一盞小燈，赤著腳，把自己縮在沙發上，像一顆球一樣的蜷起來。

每次心情不好，或感到極度恐慌時，她就會這麼做，彷彿只有把自己整個人蜷曲起來，她才能感到安全。

她把額頭靠在自己的膝蓋上，閉起眼睛時，還能感受哭過後，殘留在眼底的酸澀。

不知道自己在沙發上呆坐了多久，直到感覺到有人走到她身邊，坐到她身旁時，周曉霖才慢慢地抬頭。

「睡不著？」李孟奕一臉溫暖的笑。

「跟楊允程吵架，讓妳煩心？」

周曉霖點頭。

她一笑，又老實點頭。

「會過去的。」李孟奕安慰她，「周曉霖，妳應該不知道，沒有人會真正生妳的氣，即使是被妳傷害過的人，也會覺得那些傷害，是妳無心造成的。」

李孟奕的話，讓周曉霖的一陣酸楚。

她看著他，聲音低低的，幾近呢喃的，問道：「李孟奕，跟你分手後，你……有沒有討厭過我？」

他的臉上依然掛著笑，沒有任何遲疑的回答，「我試過，但沒成功。」就在他們剛分手的時候，李孟奕真的曾經試過要恨周曉霖，恨她的絕情，恨她的無情，恨她的說走就走……可是旋即，他就被隨後排出倒海而來的思念淹沒。想念，取代了怨懟。

「我很對不起你。」

周曉霖抬眼，看了看李孟奕。曾經害怕的面對，一旦面臨更龐大的傷痛後，好像也變得微乎其微了，她決定跟他好好的聊一聊，就像以前還沒交往時那樣。那時，他是全宇宙她最信賴的人，她什麼事都會找他談。

「都過去了。」李孟奕笑著，眼神溫柔而深遂，就像從前看著她的樣子。

周曉霖努力的朝他微笑，然後問他，「我們還可以是朋友嗎？」

她多希望能夠永遠佇足在他的生命裡，即使他已經不愛自己了也沒關係，她只想站在離他最近的地方，安靜的，喜歡他。

李孟奕臉上的笑沒有絲毫隱退，卻對著她搖頭。

有那麼一瞬間，周曉霖以為自己會再度鼻酸掉淚，這個晚上，她的眼淚變得好廉價。不過她沒有，她只是用力的吸了吸氣，勉強微笑，「沒關係，我能理解。」

一個晚上失去楊允程跟李孟奕這兩個她生命中重要的男人，她樂觀的想，此後的人生，應該再沒什麼可以嚴重打擊自己的事件了吧！畢竟最悲慘的事，她在今晚全遇到了。

「時間晚了，你早點休息，不要再熬夜了。」周曉霖站起來，朝李孟奕若無其事的笑笑，「我先回去睡了。」

但她才走了兩步，李孟奕就出聲叫住她。

「周曉霖。」

他走過去，站在她面前，離她很近很近，昏暗的燈光下，她只看見他臉上隱隱的輪廓，和一雙彷彿上釉一般的黑瞳。

「我還是喜歡妳，我們……重新開始，好嗎？」

喜歡不是說斷就能斷，如果我硬要說自己已經沒了愛，那是我在騙你、騙自己。

李孟奕曾不止一次想過，如果他再重遇周曉霖時，會是什麼樣的情景。

雖然她當時那麼不顧一切的選擇離開，就連給他的理由都那麼牽強，但他卻沒辦法恨她。

人生最難的是難在「斷、離、捨」，可他對她，卻連一樣也做不到。

重逢之後，他在自己的心裡不斷的排練挽回戲碼，然而每一次的演練，都會無法抑制的自亂陣腳，總是緊張，又擔心自己搞砸。

最後，他強迫般的帶她回家。他想起以前楊允程對他說過的那句話：「近水樓台先得月。」

李孟奕這才發現，原來太想要什麼的時候，自己竟也可以變得這麼卑鄙。

他知道楊允程對周曉霖的心思，也知道楊允程知道周曉霖住進他家時的不爽，還知道楊允程告白失敗。

這些事，沒有人對他說，但他卻能從楊允程跟周曉霖臉上不自在的表情猜測、推想。

他知道自己不是聖人，沒有大愛的精神，所以當他知道周曉霖拒絕楊允程時，心底兀自偷偷竊喜。

那天晚上，他本來只是從書房走出來跟周曉霖聊天，但不知道為什麼，卻主動向她告白了。

告白的那一瞬間，他沒緊張，也沒有自亂陣腳，心情甚至十分平靜……原來之前排練時的驚懼，都是在幫自己打預防針，真正面對時，卻反而可以從容以對。

他的手跟腳是在回房後，才後知後覺的發抖，但臉上無聲的微笑與心裡的顫動，卻是怎麼樣都停止不了的。

隔天，周曉霖早早就醒了，她醒在李孟奕幫她準備好的主臥房中，一旁的許維婷還在呼呼大睡，彷彿累了很久似的。

周曉霖躺在床上沒有動，呆呆的望著天花板，腦中一片空白，什麼也不想。

許維婷大約又過了十分鐘才終於翻了個身，又伸了兩次懶腰，才緩慢睜開眼。

她醒來時，看見周曉霖正盯著天花板看，也好奇的跟著觀看，但盯了老半天，看不出天花板上有什麼奇怪之處。

她忍不住好奇心，開口問：「上面有什麼嗎？」

周曉霖側過頭，看見許維婷骨碌碌地睜大了兩隻眼睛朝她瞧，淡淡微笑，「沒有啊！我就是發個呆。」

「妳的嗜好真是千年不變啊！」許維婷身手敏捷的翻身坐起，又大大地扭腰拉腿，一面活動筋骨，一面說：「我餓了，妳別再發呆了，快起來，我們去吃早餐。」

「喔。」周曉霖只好乖乖起床。

兩個女生在主臥裡的浴室裡一起刷牙，刷牙的時候，周曉霖的眉跟眼，還有嘴角都是笑著的。

「只是刷個牙，妳怎麼這麼開心？」許維婷滿嘴泡泡的對著鏡子裡的眉開眼笑的周曉霖說：「太久沒刷牙了嗎？所以聞到牙膏的味道特別的開心？」

周曉霖笑著打了她一下，她沒閃過去，卻哎呀哎呀的叫了起來。

「周曉霖妳髒死了！妳那隻手上都是泡泡還碰我？」許維婷在浴室裡跳來跳去。

周曉霖漱完口，拿了條毛巾浸濕後擰乾，擦臉的時候，聲音從毛巾裡傳出來，「許維婷，我跟李孟奕決定要……再交往……」

周曉霖本來以為許維婷會尖叫的。但接下來卻是一陣令人心慌的寂靜。

幾秒鐘後，周曉霖從埋首的毛巾裡偷偷抬起眼，睇望了許維婷一眼，這才發現她手上的牙刷還塞在嘴裡，滿嘴的泡泡有一小部分已經滑到下巴，整個人呈現雙眼瞪圓、嘴巴微張的癡呆狀態。

「許維婷妳……」

周曉霖被眼前的景象嚇到，她的模樣活像驚見鬼後中邪一般。周曉霖有點擔心的伸出手指戳戳許維婷的手臂，馬上就被她慢好幾拍的尖叫聲嚇到跳起來。

「妳幹嘛啦？」周曉霖拍拍胸口，埋怨般的皺起眉，「真的會被妳嚇死！」

「我才是真的被你們兩個人嚇死咧！」

許維婷激動的抓著周曉霖的手說話。她說話時，因為激動，嘴裡的泡泡一直噴向周曉霖的臉，害得她還要拿毛巾拚命擦。

「才一個晚上耶，哪有什麼事比這樣的發展還要讓人驚魂的？」許維婷整個人振奮起來，人一激動，說話的速度就變快，「快說快說，為什麼我才當了一個晚上的睡美人，整個世界就被改造了？是哈利．波特顯靈了嗎？還是超人終於環遊完銀河系，飛回來拯救你們兩個人啦？」

「妳要不要先刷完牙再說？妳的泡泡一直噴到我呀。」

周曉霖把嗽口杯遞給她，許維婷隨便嗽了幾口水，結束刷牙這件神聖的事。

「妳這樣算刷好了？」周曉霖驚異的看著她，「有沒有刷乾淨啊？」

「有啦有啦！反正等等吃過早餐還要再刷一次，不要這麼計較嘛。」

周曉霖講不過她，只好認命的乖乖閉嘴。

許維婷又在水龍頭底下捧水，往自己的臉上潑了兩、三次，就當作是洗好臉。

「就這樣？」周曉霖大吃一驚，怎麼有人洗臉洗得這麼隨便的？她好歹也是個女生，居然比男生還要隨性！

「這樣就很好了，不要挑剔！」許維婷當然知道周曉霖的驚訝，不過她不以為意，「我已經對我的臉交代得過去了，ＯＫ？昨天晚上我可是有很認真的洗過它呢！」

周曉霖輸了！

「好了，雜事辦完，快說快說，妳跟李孟奕究竟是怎麼回事？之前妳不是還在那裡掙扎猶豫，怕東怕西的？怎麼這會兒什麼雜七雜八的症頭都沒了，又歡天喜地的決定重新開始啦？」

許維婷一臉狗仔挖到大獨家的興奮表情，那雙鬼靈精怪的眼睛，骨碌碌地轉啊轉，直瞅著周曉霖看。

周曉霖也不知道從哪裡說起，其實從昨夜一直到現在，她都不敢相信這件事是真的。那是她第二次被李孟奕告白，而且兩次李孟奕都一次到位的成功了，她根本就沒有辦法拒絕他。

因為太喜歡，所以想不出可以拒絕的理由。

「就……我也不知道。」

周曉霖低著頭絞著自己的手指頭，因為太用力了，所以手指上的某些地方被她絞到有點泛白，放開後卻又形成一片渲染開來的紅。

「啊，不知道？」聽見周曉霖的回答，許維婷吃驚的放大音量，「妳該不會是作了一場美夢，把夢境跟現實搞混了，以為你們兩個人又重新開始交往了吧？」

「沒有啦！是真的……」

「那是怎麼開始的？妳主動還是他主動？」

「他。」

「他主動親妳，然後妳就被融化了？」許維婷的想像力真豐富。

「他沒有親我啦！」周曉霖無力的瞟了瞟她。

「那不然咧？」

「他就……他就……」

「就怎樣啊？妳不能乾脆果斷的直接清楚明白的說嗎？」許維婷完全耐不住性子，大聲起來，「一定要這樣斷斷續續兼臉紅心跳的扭捏嬌羞嗎？妳那樣『就……就……就』的，我聽得都快斷氣了！講、重、點！」

周曉霖咬了咬唇，怎麼樣都覺得很害羞，有些事放在自己心裡想，是種甜蜜感受，但說出來，就完全不是那麼回事了！非常難以啟齒啊。

在許維婷熱烈眼光的注視下，周曉霖用力的深呼吸了三次，才閉起眼，用畢生最快的速度說完，「他說要重新在一起而我說好。」

沒有逗點跟頓號，說完後，還重重的吐了一口氣，然後看向許維婷。

只見許維婷一臉疑惑，盯著她，「講那麼快是在趕什麼進度？我完全聽不懂……重新再說一次！」

周曉霖頓時有種想把她打去黏在牆壁上的念頭！這個許維婷，怎麼這麼難搞哇！

與你的第二次戀愛，我多了勇氣與果敢，點頭的那一瞬間，我就已經做好要與世界為敵的打算了。

和許維婷一起走出房間，周曉霖才發現李孟奕並沒有去上班。從廚房裡飄來的煎蛋香氣，惹得兩個女生飢腸轆轆，餐桌上已經擺著一鍋稀飯、一盤火腿、幾條德式香腸，還有兩瓶果醬跟一條白吐司。

李孟奕正在廚房裡煎蛋。

「起床啦？再等一下下就可以吃早餐了，我蛋快煎好了。」他聽見聲音回過頭，正巧看見兩個女生目瞪口呆的表情，於是扯著笑臉，愉快的說。

「哇！你是李孟奕嗎？」

許維婷目瞪口呆完，馬上奔向李孟奕，用手指毫不客氣的戳他，一下子戳他的背、一下子點他的腰，接著又捅他的手臂，弄得李孟奕東躲西閃，嘴裡不斷警告許維婷不准再動手動腳，不然不讓她吃早餐。

但許維婷才不怕，繼續她的懷疑，一邊戳，一邊說：「速速現出你的原形來，到底是狐狸精，還是蜘蛛精，或是蒼蠅王、蟾蜍妖、螳螂獸、壁虎精……」

「妳才三八精咧！」李孟奕一個回身，一手勾住許維婷的脖子，一手用鍋鏟的柄頭敲了兩下她的頭警告，「不要再鬧了啦！」

「是你自己不正常啊。」許維婷嘟起嘴，委屈的埋怨著。

「哪裡不正常？」

「當初口口聲聲強調畢生要謹守『君子遠庖廚』古訓的人是誰？結果現在居然下廚煎蛋？」許維婷講完，突然摀住自己的耳朵，拚命的搖頭，誇張的大叫，「啊！這不是肯德基、這不是肯德基、這不是肯德基……」

頭頂馬上又被硬生生地K了一下，李孟奕一副哥哥的威嚴模樣，用鍋鏟指向餐桌的位置，命令她，「乖乖去坐好，馬上、立刻、right now！」

許維婷最怕他生氣，見他板起臉孔，馬上乖乖的不敢放肆，動作迅速的回到座位上坐好。

結果被許維婷這一鬧，鍋裡的蛋來不及翻面，於是上桌的煎蛋一面是漂亮的金黃色，另一面則是慘不忍睹的焦黑色。

他故意把焦黑色那一面朝上，放在盤子裡，端到許維婷面前，說：「罰妳早餐就看著它吃，讓妳知道自己多對不起這盤蛋。」

許維婷嘴裡唯唯諾諾，心裡可不服氣！焦蛋要放在她面前就放啊，反正她也沒差，食物烤焦的味道其實也不難聞，她就偏要多吃兩碗稀飯、四片吐司來讓李孟奕知道她的實力，可不會被眼前這盤煎焦的雞蛋影響食欲呢。

吃早餐的時候，許維婷突然想起方才在房間裡，周曉霖向她坦承自己跟李孟奕重新交往的事，她用牙齒咬著筷子，盯著李孟奕，帶著促狹笑容的朝他笑著。

李孟奕大約是在一分鐘後才發現她的異常。

起先他不以為意，但低頭喝了一口粥後抬頭，還見許維婷那詭譎的笑容，彷彿在打什麼鬼主意一般，於是開口問：「笑得那麼心神愉悅是怎樣？覺得太好吃？還是吃不夠，在打我手裡這碗粥的主意？」他把桌上盛粥的鍋子往許維婷的方向推過去，大器的說：「喏，剩下的這些都給妳吃，大約還有四碗粥，要是再吃不夠，那我也沒辦法了。不過樓下轉角處有間超商，妳可以考慮去那裡買些吃的填肚子。」

許維婷沒接話，依然用帶著詭異笑容的表情，直盯著李孟奕看。

周曉霖心領神會，馬上猜到她那笑容背後的詭計，連忙在桌子底下用腳踢了許維婷好幾下，還偷偷在臉上作出暗示她不要亂講話的表情。

但許維婷才不理她，還是直衝著李孟奕意有所指的揚著笑。

「真讓人毛骨悚然！妳是昨晚被鬼片刺激到了，打算今天開始當鬼過完妳的下半輩子嗎？」李孟奕沒好氣的瞟了她一眼，「還是在報復我把那盤焦蛋放妳面前，所以決定要用這種鬼娃恰吉的恐怖笑容嚇我，讓我晚上不敢睡覺？」

「這有用嗎？」一聽李孟奕這麼說，許維婷馬上興奮起來，「你會怕鬼娃恰吉喔？」

「不怎麼喜歡。」

「會作惡夢嗎？」

「小時候看過後，有一段時間變得很膽小。」

「哇，你怎麼不早說？早知道你怕恰吉，我那時就應該上網去找看看有沒有拍賣恰吉娃娃，買來送你。」許維婷惋惜不已。

李孟奕瞇起眼看著她，「妳有這麼恨我？」

「誰叫你都欺負我？」

「哪有？」

「哼！自己做過的壞事總是忘得特別快，都沒想到留在別人心頭上的傷害是一輩子的。」

鬧到最後，許維婷顯然已經完全忘了她原本要跟李孟奕說什麼了。

眼見氣氛就要擦槍走火，周曉霖連忙跳出來圓場。

「妳等等不是還要去書局買幾本書跟雜誌嗎？趕快吃一吃，我陪妳去。」她對許維婷說。

許維婷為人向來沒什麼心機，一聽周曉霖這麼說，馬上忘了上一秒的事，興沖沖的轉頭，開心的問：「我們怎麼去？坐車嗎？」

周曉霖點頭，「是有點距離，坐車去吧！我等等打電話叫計程車。」

「要去哪間書局？我送妳們去吧。」李孟奕乍然出聲，自告奮勇。

「你今天沒班？」周曉霖問。

「休假。」李孟奕笑，「難得的週休二日，好久沒有這樣了。」

「那好。」許維婷笑開一張臉，已經忘了剛才還在跟李孟奕爭執的事，開心的分配工作，「那就讓你負責當一天的司機兼搬運工，反正你閒著也是閒著，先陪我們去逛書局，然後幫我提書。」

「呃……如果你還有事要忙就不要勉強了，頂多開車送我們過去，等我們逛完再給你電話，或我們自己叫車坐回來也行。」

周曉霖知道李孟奕就算是休假，也總有一堆工作要忙，而且醫師工作全年無休，得隨時待命，就怕醫院裡有突發狀況要趕回去支援。

「沒關係，我今天沒什麼事，陪妳們逛街也可以。」

許維婷笑嘻嘻，一副大獲全勝的模樣。

吃過早餐，許維婷說她這副黃臉婆的樣子不適合逛街，堅持要進房去化個妝，還拉周曉霖一起去，說要幫她打造一下，給她再續前緣的男朋友一個驚喜。

「妳知道了？」

聽見許維婷形容他是「再續前緣的男朋友」時，李孟奕平靜的笑著問。

「當然。」許維婷手插著腰，一臉得意表情，「你不知道周曉霖跟我是史上最強的閨蜜二人組嗎？她有什麼事是我不知道的？」

李孟奕笑笑的瞟了周曉霖一眼，周曉霖則一臉紅透的拉拉許維婷的衣角，要她別再說了。

老實說，李孟奕很開心，周曉霖會告訴許維婷他們重新交往的事，對他而言，是一種認定。

許維婷化了個嬌豔的妝，還貼上假睫毛，整個人看起來和平常的樣子很不一樣。周曉霖平常不施脂粉慣了，只薄薄的上了個淡妝就已經很不適應，當許維婷拿著假睫毛要幫她「加工」時，她抵死不從。

「妳這樣很不禮貌欸！怎麼可以住在台北那麼多年都不化妝？」許維婷指責。

「我上班的地方又不用接待客戶，幹嘛要傷害我的肌膚？」

「這是一種禮貌、禮貌！」許維婷強調「禮貌」這兩個字。

「好吧！那妳就把我當成一個沒禮貌的人好了。」周曉霖無所謂的回答。

當她們兩個人走出房間時，一直在客廳等待女生盛裝打扮的李孟奕，看到許維婷的那一瞬間，眼睛突然睜大。

「幹嘛？」許維婷巧笑倩兮，正等著他的誇獎。

「不過只是去逛個書店，有必要打扮得像要去夜店一樣嗎？」

「你覺得漂不漂亮？」聽不出李孟奕的弦外之音，許維婷還三八兮兮的轉了個圈，擠出甜蜜笑容，「說不定我逛個書店，不小心來個豔遇，被高富帥的企業家第二代追求！命運的事很難說，它總是充滿驚奇！」

「我是怕驚奇沒有，驚嚇倒是層出不窮。」李孟奕小聲的吐槽，所幸沒被許維婷聽到，不然她肯定又要跳腳，新仇加上舊恨的碎唸他一頓了。

生命裡處處都有驚奇，而你，是我最美麗的際遇。

為一個人堅強、勇敢；為一個人變得不怕艱苦、所向無敵；為一個人改變、哭笑；為一個人發誓、承諾……

因為那個人，所以我願意變成一個更好的人，一切全是因為那句——我愛你。

結果，許維婷一番特地的梳妝打扮，並沒有招來路人甲乙丙丁的搭訕，倒是穿著白上衣跟牛仔褲，臉上只擦上一層薄薄淡妝的周曉霖，在書店裡看書時，被一個穿著看起來頗有品味的男生黏著說話。

本來李孟奕跟周曉霖是坐在一起看書的，兩人各拿了一本書坐在書店角落的椅子上讀，後來周曉霖起身換書，走到翻譯文學區選書時，突然有個男的靠近她，站在她面前，微笑著跟她搭訕。

李孟奕起先不覺得有異，還以為她是遇到熟識的人。

「那個人是誰？」

抱著一堆書走過來，一屁股坐在李孟奕身旁的許維婷用下巴點點周曉霖的方向，好奇的問李孟奕。

「不知道，」李孟奕聳聳肩，「可能是認識的人吧！」他說完，又朝許維婷戲謔般的笑了笑，問：「怎樣？今天戰果如何？勾引到幾個男人啦？」

「應該是一堆喔。」許維婷自信滿滿的微笑，「我可以從許多男人看我的眼神中感覺得到他們心裡的驚奇。可惜，台灣男生的個性都太含蓄了，就算再怎麼喜歡我，也沒有人有勇氣開口對我說。」

「挺臭屁嘛！」李孟奕哼了哼。

「是自信！」許維婷撥了下頭髮，就像電視裡那種風情萬種的女生一樣，然後嘴角微微的上揚四十五度，「自信的女人最美麗……像我就是，嗯哼。」

那句「嗯哼」極盡嬌羞，嗲聲嗲氣的，是很多男生一聽就整個被融化的那種撒嬌音調。

不過在李孟奕耳裡聽起來，就是不對勁！

許維婷根本就不是恬靜型的女生，漂亮是漂亮，不過她的漂亮是屬於陽光型的那一種，大剌剌的傻大姊型個性，完全不適合這種華麗打扮又要踩著超高細跟高跟鞋，小步小步走路的彆扭姿態。

「做自己就好，妳本來的樣子就很有吸引力了。」前一句，李孟奕是真心誠意的建議，不過一講完，馬上又興起捉弄她的念頭，「把自己搞得這樣三分像人、七分像鬼的，真的不會比較好。」

他一講完話，馬上招來許維婷惡狠狠的瞪視。

「下個月我們公司有一場演講，是關於『說話的藝術』，我覺得你迫切需要，回去公司我馬上幫你報個名。」

「沒這必要吧！」李孟奕沒被許維婷激怒，依然揚著好看笑容，說話從容優雅，「做我們這一行，是視情況說話，對什麼人說話該委婉修飾，對什麼人說話又該直言不諱，其實我們心中都有一把尺，自己會拿捏。」

「所以你的意思是，對我說話不用太婉轉？」許維婷大大的不滿。

「因為妳的心很堅強，經得起風吹雨打。」

「屁啦！」

「今天要出門前不是還立志要當個淑女，怎麼馬上就破功啦？」

「還不都是因為你……」

兩個人鬥嘴鬥得正起勁時，周曉霖拿著一本書走回來。

李孟奕眼角瞧見她走來的身影，注意力馬上就移到她身上去。

「遇到熟人？」他關心的問：「看你們聊了一會兒。」

周曉霖搖搖頭，「不認識的人。」

「喔？」許維婷馬上融入新話題，挪了個位置讓周曉霖坐下，又問：「問路的人嗎？看他的穿著滿有品味的說，全身上下都是名牌。」

周曉霖對名牌不懂，也不崇尚，聽許維婷這麼說，一點感覺也沒有。

「他不是問路，他說他是台北人，住信義區。」

「哇，住信義區啊？有錢人？」許維婷瞪大眼。

「我也不知道。」周曉霖依然是一副淡然姿態，「說不定房子是租的，看外表又不準。」

「所以他找妳，到底是要問什麼？餐廳位置？捷運站資訊？火車時刻？高鐵站票價？」許維婷胡亂猜一通。

「他問我的名字跟電話。」

周曉霖一說完，許維婷跟李孟奕瞬間都被石化了。

「那妳給他了嗎？」李孟奕很快就恢復過來，神情有些緊張。

周曉霖搖搖頭，「我不認識他啊。」

李孟奕鬆了一口氣。還好周曉霖雖然單純，但不笨，沒有傻傻的把自己的個人資料透露給陌生人。

「怎麼那麼不公平？人家我精心打扮，還穿這種細得像在踩高蹺的高跟鞋出來裝淑女，結果連半隻蒼蠅也沒有靠近。妳不過就是白襯衫、牛仔褲，還踩平底鞋出門，馬上就有人搭訕妳？」許維婷一副「天要亡我」的絕望表情，「這個世界果然存在著各式各樣的不公平。」

李孟奕拍拍她的肩膀，佯裝安慰，「沒關係的，維婷，慢慢的，妳就會習慣這樣的不公平了。」

許維婷馬上送給他一記白眼。

中午，他們去吃了一頓道地的港式料理。

餐廳是周曉霖帶他們去的，之前她跟楊允程每隔一段時間就會來光顧。她一直偏好這間餐廳的魚子燒賣跟咕咾肉。楊允程知道她喜歡，每次來，不用她說明，就會直接先點這兩道菜，還會囑咐服務人員直接送上兩人份的魚子燒賣，再把咕咾肉加量，讓周曉霖好好的打打牙祭，害得她每次都吃得很撐，又捨不得停下筷子。

他們很快被帶位到位置上，才拿著菜單討論完，正打算要點菜時，熟識的餐廳領班突然眼尖看見周曉霖，走過來打招呼。

「周小姐，今天跟朋友來啊？楊先生怎麼沒一起來？今天的餐點一樣是兩籠魚子燒賣跟加量咕咾肉嗎？」

聽見對方提到「楊先生」，周曉霖突然有點尷尬，不知道該怎麼回答，只好轉移話題般的匆匆點完餐，又特地囑咐只要一籠魚子燒賣，和四人份咕咾肉就好。

領班看她的眼神閃過一絲疑惑，大概是覺得她今天的點餐方式不同以往，有一點怪異。

不過畢竟受過專業訓練，對方沒再開口向周曉霖多詢問什麼，拿著菜單，客氣說了句

「請稍候」，便離開了。

「這裡妳常來？」許維婷首先耐不住好奇心的直接開口。

「有一陣子沒來了。」周曉霖四兩撥千斤。

「剛才她口中說的『楊先生』是楊允程吧？」

周曉霖遲疑了一秒鐘，然後點頭，又偷偷瞄了李孟奕一眼，怕他胡思亂想，卻發現他一臉平和，沒有任何惱氣的默默喝著熱茶，心裡的忐忑也稍稍平息了些。

「原來你們也會吃港式料理啊？我以為你們只吃辣。」

「偶爾也會想吃點不一樣的。」

「你們常一起吃飯？」這回換成李孟奕開口了。

看他沒有半點不悅的表情，周曉霖在心裡躊躇了三秒鐘，最後誠實的應了聲，「嗯。」

「改天我們出來吃飯的時候也約他一起來吧！人多熱鬧些。」李孟奕提議。

「對嘛對嘛。」許維婷馬上附和，「人多比較熱鬧，有人陪李孟奕說說話也好，免得他太無聊，老是嘴賤的拿我開刀。」

回馬又是一槍，堵得李孟奕無力反駁。

「要不，我現在打電話給他，讓他過來一起吃午餐？」李孟奕轉移話題，順手掏出手機，打算要打電話給楊允程。

周曉霖很想制止他，但她沒那勇氣。經過昨晚那件事，她還不知道要怎麼調整好自己的心態去面對楊允程，可是如果冒然阻止李孟奕打電話叫楊允程來，未免又有此地無銀三百兩的嫌疑。

所以，她只好選擇沉默。

「沒人接，一直轉入語音信箱。」李孟奕連撥了兩通電話未接後，只好放棄了。

「大老闆都很忙的。」許維婷用筷子夾了一顆剛送上桌的魚子燒賣放進嘴裡吃，邊說好吃又不忘要詆毀楊允程一下，以報平時被他欺負之仇。「不過他忙的都不是什麼正經事，上次打電話給他，問他在幹嘛，他說正用視訊在跟公司高階開會，我一聽就覺得他話裡有蹊蹺。他住的地方又不是在國外，要開會怎麼不回公司開，幹嘛要用視訊？而且他還可以馬上就接我電話咧！可見根本就不是在開什麼會，說不定是用視訊在跟哪個辣妹情話綿綿、海枯石爛呢。」

「怎麼感覺妳跟他也有仇？」李孟奕提出疑問。

「廢話！他平常也喜歡酸我啊！」許維婷嘟嘟嘴，無限委屈的說：「全世界就屬你跟楊允程最壞，以欺負我為樂，一點憐香惜玉的溫柔都沒有。好歹我也是女生啊！但你們每次都要嘴賤的損我、欺負我！哪天我人格分裂，價值觀扭曲，得到憂鬱症或躁鬱症，你們兩個絕對是最大的幫兇，哼！」

「沒關係，到那時我會負責治療妳。」李孟奕拍拍她的肩，一臉認真的說：「我有修過心理學，雖然不是專攻心理治療，不過還是多少能勝任。看在咱們兄妹一場，醫療費全免，如果真治不好，我再把妳轉介到我學姊那裡去，妳放心。」

許維婷嗔怒的瞪了李孟奕一眼，憤恨的說：「連安慰的話都講得這麼糟，我看你真的要去聽聽『說話的藝術』了啦！我明天回公司就馬上幫你報名，你等我通知時間吧！不准說不要，因為你是真的迫切需要。」

每個人心裡，總躲著一個得不到的情人，或許你曾經擁有，卻難免在人生的旅程中，遺失了那份最初的感動。

如果有一份感情，可以從年少時延續到年老，那會是怎麼樣的一種執著與深情？

楊允程知道自己對周曉霖的喜歡，從來都像是一條單行道，有去無回。

愛情是一場賭注，他明白就算賠上自己的所有，也不一定能贏到她。

他總是在她背後看著她，而她的目光，卻只追隨另一個人的身影跑。

他的愛是卑微的，因為認真，所以注定要輸得一蹋糊塗，在她面前，他不是巨人，只是一名可有可無的小卒。

那晚正式拒絕楊允程之後，周曉霖就失去他的消息了。

以往總是在身邊打轉的朋友，突然之間沒了音訊，周曉霖再怎麼感覺遲鈍，也不太能適應這樣的改變。

許維婷不知道她跟楊允程之間的不愉快。周曉霖沒主動對她說，而她因為不知情所以也沒多加詢問，去書店買完書又吃過午餐後，她就拎著自己的行李坐車回新竹了。

失去楊允程，周曉霖是難過的，但她並不後悔自己的抉擇。

不過，在李孟奕去上班，而她閒賦在家的空閒時間裡，她老會有意無意的想念起楊允程。

李孟奕還是每天早出晚歸。他去上班時，周曉霖除了想起楊允程時難免會感傷一陣之外，其他的時間，她勉強自己打起精神在李孟奕的書房上網研究各式菜色，晚餐時燒一桌子的菜迎接他下班。

愛情，就是在這種朝夕相處的氛圍中，一點一滴地慢慢培養起來的。

雖然有的時候，當兩人同坐在一張沙發上看電視，而李孟奕靠她太近時，她會因不適應他身上的氣息，而忍不住臉紅心跳、呼吸急促，但一次、兩次之後，她也就慢慢的克服了。

習慣，是隻太可怕的惡魔，會趁你不注意的時候，偷偷吃掉你所有的感覺神經，讓你漸漸習以為常曾經不適應的一切。

李孟奕沒有追問她當初離開的原因。周曉霖想，那是李孟奕對她的體貼。有些事，過去了就不要再提起，別憑添彼此的難堪和尷尬。

李孟奕對她依然很好，就像以前那樣，對於她說的每一句話都言聽計從，關乎兩人之間的每件事情都會先徵詢她的意見，百分之百的尊重她。

三個星期的假期很快就結束了，在假期結束的前兩天，公司的人事打了一通電話過來，問周曉霖是不是可以如期上班。

人事還說，因為又到了報稅時期，最近事務所的工作量增加很多。

而在假期結束的前一天，李孟奕問她願不願意搬過來跟他一起住。他說他已經習慣有她在身邊的日子，捨不得分開。

周曉霖考慮了很多，最後還是拒絕了。

「進入旺季之後，我可能又要像以前那樣加班到三更半夜，太晚回來怕會吵到你的睡眠時間，所以，暫時先不要吧！等忙完這一陣子後，再仔細考慮看看。」

周曉霖沒有把話說死，因為她捨不得看見李孟奕失望的表情。

明白她的用心良苦，李孟奕也不強迫她，只退一步說：「那明天晚上妳不要煮飯，我們去餐廳吃一頓好吃的料理。我知道一間日式簡餐餐廳，他們烹調的蒲燒鰻定食超好吃，妳一定會喜歡。」

周曉霖點頭。

「吃完晚餐我就送妳回妳家，幫妳打掃完我再回來。」

「不用幫我打掃啦，我自己來就行了。你上完班應該也很累，吃過飯你就早點回家休息好了。」

「兩個人一起打掃比較快，」李孟奕笑嘻嘻的，好像很滿意明天規畫的行程。他已經很久沒有把自己的生活填得這麼滿了，有了周曉霖，未來好像開始變得有意義起來。「如果只讓妳一個人打掃，我會很不放心。妳剛開過刀，不能提太重的東西，也不能做太粗重的工作，比如提水桶或搬床墊換床單……這一類的工作。」

周曉霖沒轍，只好同意的點頭。

其實心裡是窩心的。

有男朋友，真的是件超幸福的事呢！

隔天，李孟奕去上班後，周曉霖回房間整理自己不多的行李，大約只花了幾分鐘就全部收拾完畢，一點成就感都沒有。

於是，她找出李孟奕放在後陽台上的掃把跟拖把，打算來個大掃除。

她盡量避免提太重的東西，也不勉強自己爬上爬下。她不想讓李孟奕知道後皺眉，或替她擔心。

大約花了一個多小時，她才打掃完住家裡裡外外的環境。

當她走進書房裡想要收拾時，卻看到李孟奕不知道什麼時候，把他們以前合照的照片全都找了出來，放在相框裡，一個一個擺在書房的桌上跟矮櫃上。照片裡面的他們還都是很年輕的模樣，笑得純真無邪，好像天使一樣，無憂無慮。

周曉霖幫他整理書櫃時，發現一本札記，夾放在一堆懸疑翻譯小說中。之前她沒拿過這一區的小說，因為她怕恐怖故事，擔心懸疑小說寫得太驚悚，看了晚上會不敢睡。

因為好奇，所以周曉霖拿出那本札記。

翻開時，她的眼眶迅速的潮濕了。

札記的第一頁，貼著李孟奕跟她的合照。她記得那是大三升大四那年的暑假，他們一起坐火車回家時，兩個人坐在火車上，頭靠頭、肩靠肩，李孟奕拿自己新買的手機自拍的照片。拍完時後他還把手機裡的合照拿給她看，手機相簿裡的兩個人笑得好甜蜜、好自然，就像時下的情侶一樣，為身旁那個深愛的人，綻放出最璀璨美麗的笑容。

那時她曾對他說，如果照片洗出來，一定要多洗一張，因為她想要跟他一起擁有相同的照片，就像一個信物，全世界只有兩份，一份在他這裡，一份在她那裡。

那種感覺絕無僅有，彷彿在這個世界上，只有他倆是密不可分的。

但後來他一直沒有把該給她的那一份拿給她，卻在這本札記裡，貼上這張她曾經想要的合照，並在照片下面寫上：「給此生最愛卻再也擁抱不到的妳。」

李孟奕寫那些令人傷心欲絕的文字時，一定沒有料想到後來的他們，會有再相遇相戀的一天。

那是一本日記，記載著那些年，他失去周曉霖時心裡的無助與怯懦。透過文字，周曉霖覺得自己與分離多年的他彷彿更貼近了。她看見他心裡的掙扎與焦急，還有無能為力的傷心。

周曉霖一頁一頁的看，眼淚一顆一顆的掉，她還是心疼他。

明知那是他的私人物品，未經許可，她不該偷看，但她就是忍不住好奇心，抑制不住想要靠他更近的那份衝動。

傍晚，李孟奕下班回來帶她出去吃飯。坐在餐廳裡，周曉霖良心不安，彷彿做了小偷一樣的誠實向李孟奕招認今天在他家做的壞事。

聽完，李孟奕只是溫和的笑了笑，說：「那本日記本來就是要送妳的。」

「啊？」

「那本札記原來是我用來記錄自己的心情的，但寫完那一整本時，我突然覺得自己的心事應該要讓妳知道，因為妳是當事人。所以我總想，如果哪天我再遇到妳，或是知道妳要結婚了，就要把那本札記送去給妳。說不定還能靠那些堅執的情感和想念的文字，再次贏回妳。」

他微笑的臉龐帶著堅定的神采。就是那張臉、那個微笑、那副認真的神色，讓周曉霖日牽夜掛、反覆思念。

「這幾天我還在想，該在什麼時候、用什麼方式把那本札記送給妳，不過幸好妳自己先發現了，這就簡單多了。」李孟奕微笑的問：「七夕情人節時，我就拿條紅絲帶，打個漂亮的蝴蝶結，把本子送妳當情人節禮物，如何？」

他一說完，周曉霖就忍不住跟著笑了。

她看著他，滿滿的、滿滿的心裡，都是幸福感受！

被一個人這麼深愛著、珍惜著，還有什麼比這樣的幸福更值得驕傲？

幸福的定義很廣，但對我而言，只要你的眼睛一直看著我，那就是幸福了。

兩個人的餐點才剛送來，正要開動時，有個人突然過來跟李孟奕打招呼。是個女生，長相亮麗，看起來很有氣質，笑起來的樣子十分迷人。

她跟李孟奕熱絡的聊了幾句，才抬眼發現同桌的周曉霖。

女孩子的臉上笑容明顯的僵了一下，但很快又若無其事的恢復，轉頭看了李孟奕一眼，問道：「學長，你朋友？」又馬上回過頭來，用審視的目光盯著周曉霖瞧。

女性的第六感向來很準確。

從這個女孩的舉手投足，以及看李孟奕的眼神，周曉霖能感覺到對方是喜歡、甚至崇拜李孟奕的。

而且不是單純的喜歡或崇拜，而是以一個女人看一個男人的那種心情，眷戀著他。

「不是朋友。」李孟奕優雅的微笑，態度從容大方，他說：「是女朋友。」

女生臉上的表情，再度僵了僵。

「學長，你開玩笑的吧？」她不肯相信。

「我看起來像開玩笑的樣子嗎？」李孟奕反問。

「但之前你連個對象都沒有，怎麼突然就冒出個女朋友來了？」

「這個世界上有個成語叫『再續前緣』，還有個詞叫『皇天不負苦心人』。」

「什麼意思？」對方不懂。

「她是我努力再找回來的，前、女、友。」

她懂了！

很久以前，她曾經在學校裡聽過關於李孟奕與他前女友的傳聞，聽說他們認識得很早，相戀得很晚，而且交往的時間並沒有太久，他就被女朋友拋棄了。自此之後，李孟奕一蹶不振、萬念俱灰……最慘的時候，簡直就跟植物人沒什麼兩樣，只剩呼吸在維持生命。

那時她就想過，這個前女友肯定是來騙財騙色的妖孽一隻。

然而如今前女友的盧山真面目展現在面前，雖然一雙翦翦黑瞳清亮純淨，淡定的臉龐平靜自然，不過她覺得，妖孽最會用無辜的表情來鬆懈人們的戒心。對她而言，妖孽終究是妖孽，儘管是一隻美麗的妖孽，還是沒辦法扭轉女生對她倒扣兩百分的印象分數。

女生離開後，李孟奕才向周曉霖介紹，「吳歆愉，我們醫院兒科的醫師，我大學時的學妹。」

周曉霖點點頭，誠心的稱讚，「長得很漂亮。」

「聽說醫院裡有幾個單身的男生同事都蠻欣賞她的，不過不知道為什麼，沒人敢對她採取行動，她也不給別人機會。」

「該不會是已經有喜歡的人了吧？」

李孟奕聳聳肩，坦然的說：「聽說是有。」

「該不會那個人是你吧？」

「根據線民回報的結果，好像是。」

周曉霖看著他，一點也不吃醋，笑得眼睛彎彎，「年輕又貌美，擁有青春的肉體，還對你一往情深，你不心動？」

「我心已死。」

「唔？」周曉霖眨了眨眼，看著他。

李孟奕頑皮的揚著笑，隨即又嘴甜的說：「不過又遇到妳之後，我的心就又噗通噗通的重新跳動起來了。」

幾年不見，他甜言蜜語的功力大大進步了，該不會是受各國偶像劇的深情對白強烈薰陶，才變得這麼善於言詞吧？

雖然知道他用詞誇張，不過那些話鑽進周曉霖的耳裡，仍然成功引發了她心頭的悸動。

吃過晚餐，李孟奕送周曉霖回家，又陪著她簡略的把家裡打掃一番，才裝累坐在客廳的沙發上，耍賴著想再多留一會兒。

周曉霖端了兩杯水過來，一杯遞給李孟奕。

他喝了兩口，突然自顧自的笑起來。這莫名其妙的舉動，讓周曉霖不知所以。

「怎麼辦？」李孟奕抬眼時，臉上有淡淡的自嘲微笑，「我突然很不想回家。」

「啊？」

「太習慣有妳在身邊，又太害怕會再度失去妳，所以我有點不想離開。」

周曉霖聞言，不知道該怎麼辦！安慰他嗎？還是立刻趕他走？

她思忖了片刻，終於開口，「李孟奕你……」她看著他，欲言又止，清清喉嚨後，才說：「趕快喝完，然後回家。」

「啊？」

李孟奕錯愕，以為她會說出什麼挽留他住一晚的話，結果卻是要他趕快喝完手上這杯水，然後回家？

「我家沒有多餘的客房，沒辦法留你。」她理智的又補充。

「其實……這套沙發挺軟的，睡著應該也很舒服。」他暗示。

「不行。」周曉霖斷然拒絕，「男人通常是被懲罰才睡沙發，你又沒有做錯事，為什麼要睡沙發？」

李孟奕再次被雷到……這是哪一國的理論？

最後，他還是被周曉霖趕出家門。

「那我明天晚上去妳公司接妳下班，我們一起吃晚餐，好嗎？」站在她家門外，他不死心的又拋出新問題。

「我不知道明天要不要加班，說不定要趕這陣子請假累積的工作量。明天到公司了解狀況後，再給你傳簡訊，好嗎？」

「好。」李孟奕重重的點頭，心滿意足的笑了。

周曉霖不明白他的開心所謂何來，她不知道自己只是說了一句「再給你傳簡訊」就可以讓李孟奕貧瘠的心如逢甘霖般的豐饒富實起來。因為她給了承諾，於是他對明天開始有了期待，即使只是簡單的一通簡訊，也能讓他覺得富足。

回到自己久違的住處，周曉霖突然有了安全感。

她把自己拋到床上，抱著長型抱枕滾來滾去。開刀的傷口已經復原得差不多了，傷口上的疤也漸漸淡掉，她覺得她又是個全新的自己了。

雖然失去楊允程，難免會悲傷，不過李孟奕昨晚曾告訴她，「真正的朋友，是不會因此消失的。也許因為這件事，他會生妳的氣，或是離開妳到遠一點的地方去，但過一陣子他就又會回來了。」

周曉霖不知道楊允程是不是會像李孟奕那樣再回到她的世界，不過因為李孟奕的那席話，她心裡的擔憂稍稍減緩了一些。

有些感情強求不來，她只能期待。

期待對方的驀然回首，期待感情的再次延續，期待雨過天青的微笑。

而她更期待的是，與李孟奕長長久久的相守。

期待對方的驀然回首，期待感情的再次延續，期待雨過天青的微笑。

在那段失去周曉霖的時光裡，李孟奕變得極度沒有安全感。

當周曉霖又回來時，他的患得患失並沒有完全痊癒。

他不知道，她什麼時候又會突然消失，但他知道，現在的自己已經不能再像之前那樣，承受她的再一次消失。

李孟芯問：「哥，你為什麼要喜歡一個人喜歡得這麼辛苦？」

李孟奕回答不出來。

在這個世界上，很多事都是沒有答案的。

周曉霖並不是世界上最完美的女生，長得也不是最漂亮，但他就是只喜歡她一個人，看不見其他比她更美、條件更好的女孩子。

這就是愛，不是嗎？

我們不是因為一個人的完美才愛他，我們愛的，正是他的不完美。

周曉霖又重新回到工作崗位。

會計師事務所進入年度旺季，加班這件事，又變成了他們的基本配備。

早上一進公司之後，周曉霖就一直馬不停蹄的趕著工作。在她休假期間，公司同事們好幾個人自動分配好工作，幫她分攤掉不少累積的工作量。

她覺得很感動，主動請公司全部同仁喝飲料，就連那些沒幫到她忙的同事們也受惠。

因為在這個城市裡，這些同事全都像她的家人一樣，幫助她、照顧她、關心她。

周曉霖覺得自己生活在一個有愛的城市，是件幸福的事。

接近中午的時候，她餓得肚子咕嚕咕嚕叫，這才想到要傳簡訊給李孟奕。

看著桌上堆積如山的財務報表，跟電腦螢幕上那一個一個還沒讀取的工作檔案，她覺得今天要正常下班的機會根本趨近於零。

不過……也許，吃一頓晚餐的時間應該是有的，只要時間不要太長，一個半小時以內，應該沒什麼問題。

只是，大概只能找臨近公司附近的餐館，簡單解決了。

她傳簡訊給李孟奕簡單交代自己的狀況，並問他大概幾點下班。

簡訊傳過去沒兩分鐘，她的手機就響了。

「今天不能準時下班？」李孟奕的聲音傳過來。

「對啊，工作很多，又進入報稅旺季，所以會比較忙。」周曉霖從抽屜取出涼棒，在自己兩側的太陽穴上塗塗抹抹，提振精神。

「我大概六點半可以下班，到妳公司可能快七點了。」

「沒關係，等你到時，我們再一起去吃晚餐。」周曉霖頓了頓，又體貼的補充，「或者，如果你太累的話，就先回家去休息，我在公司附近隨便買個東西吃。」

「那怎麼可以？」李孟奕溫潤的笑聲在電話那頭響起，「我的女朋友怎麼可以隨便買吃的裹腹？就算要買晚餐，也是男朋友的工作啊。」

這……又是哪一國的理論？

周曉霖不懂，卻覺得心裡甜甜的。

李孟奕說，今天的晚餐，他無論如何都要陪她吃，吃完會再送她回公司繼續加班。

「等妳加班完，我再去接妳下班，好不好？」

「不用啦。」

周曉霖真的很擔心他休息的時間太短。李孟奕平常在醫院的壓力就很大了，睡眠時間也都不太夠，要再讓他這樣跑來跑去的奔波，她真的很捨不得。

「可是妳一個女生加班到那麼晚才回家，很危險啊。」

「我有個同事住在我家附近，遇到加班期，她都會順道送我回家，你不用擔心。」

聽周曉霖這麼說，李孟奕更擔心了。

「男生？」他問。

「女的啦。」周曉霖被他緊張兮兮的語調逗笑。

「那就好。」李孟奕鬆了一口氣。

「你幹嘛這麼緊張？」

「當然會緊張啊。」他回答得理所當然。「我女朋友這麼正，如果被別人近水樓台搶走，我嘔不嘔？」

「你會不會想太多了？」周曉霖失笑。

「想太少的人是妳吧。」李孟奕誠實回答，「妳太沒危機意識了。」

周曉霖知道，不是自己太沒危機意識了，而是李孟奕太缺乏安全感。

他以前不是這樣的人。他向來都很有自信，而不是像現在這樣，會開始留意跟她走得近的人，注意她身旁的每個朋友。

可是陰影是她給他的，她責無旁貸。

幸好，他雖然安全感不足，卻還不至於給她施加壓力。

忙碌的時候，時間過得總是特別的快。等李孟奕再打電話來的時候，已經是六點半了。

「我快要下班了。」他說。

「好，那等等公司門口見。」她回答。

收拾東西的時候，周曉霖的心裡突然有了某種小小的期待。那是一種屬於男女朋友見面約會的小雀躍，她已經好久沒有這樣的心情了。

她想起許維婷在獲知兩人重新交往的那天早上，曾經鄭重的詢問，「如果，李孟奕的媽媽又跳出來反對你們，那妳會退縮嗎？」

問題丟出來的一瞬間，周曉霖確實有些困惑，答案是不確定的。

「我……不知道……」她那時有些手足無措。

許維婷嘆了口氣，看著她的炯炯目光中，閃著憤怒。

「周曉霖，妳不可以不知道！」許維婷的臉上，盡是認真的表情，簡直比學生時代準備學校期末考試還要認真。

「妳自己的感情，妳要自己守護，不可以再像以前那樣，傻傻的聽別人的幾句話就決定切斷好不容易走在一起的愛情。李孟奕他媽媽不喜歡妳，但他爸爸欣賞妳啊！李孟奕是他媽媽的小孩沒錯，但妳要記住一點，父母親永遠會對自己的孩子妥協。只要妳自己立場夠堅定，他喜歡妳的心不變，你們一定會撐過去的。」

那一刻，周曉霖的心裡，被許維婷注入滿滿的勇氣。

這一次，她不會再輕易放手了。

畢竟能夠遇到一個與自己互相吸引、彼此牽掛的人，是多麼的不容易！更何況，這是他們的第二次相戀。

這一次，她不會再管別人說什麼，即使與全世界的人為敵，她也要守護在他身旁，不離不棄。

李孟奕到達的時候，比他們約好的時間晚了十幾分鐘，周曉霖本來有點擔心，怕他出了什麼意外，不過在看到他的車停到面前時，她終於鬆了一口氣。

「對不起，路上塞車。」李孟奕搖下車窗，對她抱歉的微笑。

「沒關係啦，你安全到達就好。」開了車門，周曉霖坐進去，問：「吃什麼？」

「妳決定。」現在李孟奕是標準的「老婆說了算」的那種男生。

周曉霖也沒有主意。她平常都亂吃，以前加班的時候，最常吃的就是便利超商的食物，那時被楊允程唸過好幾次，罵她都不懂得愛惜身體，應該要多吃點有營養的東西！

後來，楊允程常常藉機約她出去吃晚餐，結果盡是吃那些辣到讓人必須猛扒飯才能順利吞嚥的食物。周曉霖常在想，他帶自己去吃的東西總是過度刺激味蕾，但經過長時間烹煮過程的食物，營養成分應該也在調理的過程中消失殆盡了吧！楊允程老罵她都不吃營養的東西，其實他不也一樣？

一想到這裡，周曉霖就忍不住笑出來，而她忘了，自己還在跟李孟奕討論晚餐要吃什麼呢。

「在笑什麼？」李孟奕好奇。

周曉霖把方才想到的那些回憶告訴李孟奕，邊說邊笑，但講完後，卻又突然嚴重的想念起楊允程來。

「雖然平常老覺得他很聒噪、很吵，可是他消失後，又突然覺得好寂寞喔。」周曉霖的眼睛跟鼻頭突然酸澀起來，她開始想念老朋友了。

我們不是因為一個人的完美才愛他，我們愛的，正是他的不完美。

此後，李孟奕幾乎天天晚上來接周曉霖去吃晚餐，遇到排休的日子，他還會一大早去周曉霖家接她，送她去上班，晚上再送她回家，全面啟動男女朋友模式。

這天早上，李孟奕又一大早就送早餐到周曉霖家，陪她吃完早餐，送她上班，他們在公司樓下的大門口道別。

周曉霖下車後，站在車旁向他揮手，李孟奕還特意搖下車窗叮嚀，「午餐記得吃，晚上見。」

她微笑點頭，心裡暖暖的。

被人珍惜的感覺，真好！

進公司後，她才走到座位，坐她隔壁的張文綺馬上笑得一臉曖昧，用肩撞了周曉霖的肩一下，李孟奕上身般的學他說話語氣，「晚上見……」說完馬上又回復自己本來講話的語調，笑嘻嘻的問：「唉唷，談戀愛喔？」

周曉霖瞬間臉紅，除了傻笑，她做不出其他的反應。

「長得挺帥的，叫什麼名字？工作是什麼？認識多久了？對妳好不好？有沒有其他的兄弟還單身可以介紹一下？」

一連串的問題，問得周曉霖不知道該從哪一個先回答。

張文綺問完，還用「亮晶晶」的眼睛盯著周曉霖看，一副期待答案的模樣。

「妳的重點是最後面那一句嗎？」周曉霖直接切入重點。

「賓果！」張文綺開心得眉開眼笑，追問：「有沒有？」

「沒有。」周曉霖老實搖頭，「他家男丁一脈單傳。」

「啊！枉費他長得這麼帥！」張文綺可惜的嘆了口氣，但馬上又恢復八卦精神的瞪大眼看她，「是被詛咒了嗎？不然怎麼會一脈單傳？」

「沒有啦。」周曉霖失笑，「從他曾祖父那一代開始就這樣，應該是機率問題，跟詛咒沒關係。」

張文綺露出失望表情，「害人家那麼興奮，以為有什麼精彩的故事可以聽呢。」

周曉霖有時候覺得張文綺心思單純得真可愛，有幾分許維婷的味道，所以對她從不防備。

「對了對了，還有另一個重點沒問到。」

周曉霖才剛落座，打開電腦，開機程式還在跑，張文綺就又想到什麼似的黏過來，狗仔氣息濃厚。

「妳那個帥男朋友叫什麼名字？」

「李孟奕。」

「幾歲？」

「跟我一樣。」

「幹什麼的？」

「啊，什麼？」

「他的職業啦。」

「喔，醫生。」

「嘩！醫生耶。」張文綺的眼睛又發亮了，「妳去哪裡撿到的？啊！對對對，妳前陣子住院喔！他該不會是幫妳開刀的那個醫生吧？」

「不是，」周曉霖搖頭，「幫我開刀的是他同學。」

「哇！有沒有這麼浪漫？」張文綺興奮起來，她的小腦袋裡開始幻想起偶像劇般的情節，雙手捧著臉頰說：「該不會是妳男朋友去找他同學，剛好在病房裡看到妳，一見傾心，然後藉機巡房製造相遇機會，讓妳對他印象深刻，接著開始每天一束花兼三餐噓寒問暖的電話，終於成功打動妳的心？哇！真的好浪漫喔……」

周曉霖聽她編出來的故事，忍俊不禁，但還是決定潑她冷水，「完全不是這麼一回事！他們兩個人服務的醫院不一樣。」

「哇！原來內幕更曲折？」張文綺乾脆把自己的椅子移到周曉霖身邊，咬文嚼字的說：「願聞其詳。」

「沒什麼曲折的內容啦。」周曉霖簡單交代，「他是我國中同學，以前因為一些事情所以沒聯絡，我住院時又遇見了，因為彼此感覺不錯，所以就決定交往了。」

「國中同學啊？」張文綺抓抓頭，靈光一閃的問：「楊允程不也是妳國中同學嗎，他們兩個人認識？」

周曉霖點頭招認，「他們兩個人國中時是麻吉。」

「哇！麻吉大對決！」張文綺好不容易平靜下來的情緒，這一下子又整個燃燒起來，興奮的抓住周曉霖的手問：「他們兩個人有沒有約出來決鬥？有沒有？」

「為什麼要決鬥？」

「楊允程不是也很喜歡妳？他怎麼可能把妳拱手讓人？更何況對方還是他的國中死黨呢。」

「妳會不會是電視劇看太多了？」周曉霖被打敗，「沒有！楊允程跟我就是朋友關係。」

張文綺露出疑惑神情，她咬著唇思忖片刻後，說：「是嗎？可是我怎麼覺得楊允程很喜歡妳？」

周曉霖低頭，假裝忙碌的從抽屜裡拿出文具，想快速跳過這個話題，簡單回應她，「妳想太多了。」

「不是我想太多，說真的，公司裡有很多人都誤以為妳跟楊允程是一對呢。」張文綺強調，「誰叫你們之前總是出雙入對。」

周曉霖不由得一楞，原來公司裡其他的人，是用這樣的眼光在看待楊允程跟她的啊！

「事情不是像你們想的那樣啦。」她氣弱的反駁。

「我知道啊！」張文綺笑笑，「就是友達以上，戀人未滿嘛！現在最流行的。」

周曉霖虛弱的點頭，又強調，「我們只是聊得來的好朋友。」

「我完全了解。」張文綺認同的點點頭，話鋒一轉又說：「但不代表其他人也會了解。」

「沒關係，隨便大家去猜測吧。」反正也不是第一次被誤會，周曉霖早已經有「笑罵由他」的開闊胸襟了，不然還能怎麼辦？

只是還沒到下午，她有男朋友的消息已經傳遍整個公司。

「欸，不是我說的喔。」

消息輾轉又傳回周曉霖耳邊，張文綺得知後馬上跳出來自清。

「我知道。」她知道張文綺不是那種好事者，也不會大嘴巴。

後來經過張文綺雞婆的多方打聽，才知道原來不只有她早上看到李孟奕送周曉霖來上班，還有其他同事曾經看到周曉霖這幾天每天晚餐時間，都有專車接送她去吃晚餐，再對照今天的溫馨接送情，大家自然會「大膽假設、懶得求證」了。

不過反正是事實，周曉霖心裡雖然覺得怪怪的，沒料想到自己的私事居然也會成為公司裡大家聊天的話題，但其實這就是辦公室文化，一點芝麻綠豆小事，都能被大家當成大事般的傳來傳去，老實說，也沒什麼好介意的。

晚上周曉霖沒加班，跟李孟奕去吃晚餐時，向他提到今天公司裡發生的事。

「造成妳的困擾了嗎？」

他們今天吃石頭火鍋，李孟奕從鍋子裡撈出煮好的高麗菜，放進盤子裡等著放涼，推到周曉霖面前去時，隨口問道。

「還好。」周曉霖夾起一片菜葉，放在嘴邊吹了吹，放進嘴裡時還有點燙，她「嘶」的發出聲音，高麗菜在她的舌尖上跳舞一般的被她用舌頭撥來撥去，含糊不清地叫著，「哇！好燙、好燙……」

李孟奕見狀迅速把冰開水湊到她嘴邊，擔憂的催促，「快喝一口，冰鎮一下，不然要燙傷舌頭了。」

周曉霖乖乖的喝了幾口水。

「慢慢吃就好，又沒人跟妳搶。」責備的話語裡，盡是溫柔語氣。

「我就想吃嘛。」周曉霖吐吐舌頭裝可愛，「而且聞起來好香，我餓了。」

只有在李孟奕面前，她才可以為所欲為，做最真的自己。

李孟奕幫她涮了一些牛肉片，放進盤子裡，說：「吃一點，牛肉補血，妳太瘦了。」

「哪裡瘦？」周曉霖夾了一口牛肉放進嘴裡，邊嚼邊抗議，「你們男生都好自私，最喜歡說什麼『妳太瘦了，多吃一點』，等到真的把女生養胖時，卻又覺得太胖，帶出去不體面，然後女生就被拋棄了。」

「我才不會這樣。」李孟奕誠懇的說：「而且妳真的太瘦了，要多吃一點，這樣抱起來才舒服。」

「……」周曉霖看了他三秒鐘才開口，「色狼！」

屬於情人間的情話往往最幼稚，卻最甜蜜。

晚餐後，李孟奕送周曉霖回家，他堅持要上樓去坐一會兒，美其名是要把她安全送到家，但被周曉霖識破。

拗不過他，周曉霖只好帶他回家。經過管理室時，管理室伯伯還用一抹曖昧的微笑目送他們。

走進客廳後，李孟奕就以男主人的姿態，大大方方的坐在客廳沙發上，還從抽屜裡找出音響遙控器，開了音樂，流洩出一室的輕柔。

周曉霖坐到他身邊。晚餐吃太飽了，現在她根本就想像顆麻糬一樣的癱在沙發上，不想動了。

李孟奕轉頭笑著看了看她，「妳要不要躺一下？看起來好像很累的樣子。」

「不用啦，反正等等洗過澡就要睡了。」

沒理她說什麼，李孟奕拿了顆抱枕放在周曉霖那頭的沙發扶手邊，對她說：「妳頭躺在那邊，腳放我身上。」

「啊，要幹嘛？」

「乖，聽話。」李孟奕還是一臉溫暖微笑。

周曉霖懷著滿肚子的疑惑，乖乖照做。

一開始，她還不太敢把自己的腳放在李孟奕的大腿上，心裡正在掙扎時，李孟奕已經抓住她的腳踝，把她的腳拉到自己的腿上。

突然被抓住腳，周曉霖驚嚇的尖叫了一聲，隨即，她感覺到李孟奕的手，輕輕的在她的小腿肚上揉捏起來。

很舒服的感受。

「妳們女生常常在辦公室一坐就是一整天，下班後又不會主動找時間運動，下半身的血液循環通常都不太好，小腿就容易浮腫、痠痛，所以有空就要自己抬抬腳或按摩一下，幫助血液循環。」

李孟奕按摩的力道剛剛好，讓周曉霖忍不住閉眼享受。

「可是我太懶，好不容易加完班，回到家都已經累慘慘了，洗完澡躺在床上根本還來不及按摩就秒睡了。」

「我買台腿部按摩機給妳。」

「腿部按摩機有你按得這麼舒服嗎？」

「這我可就不清楚了。」李孟奕說話的語氣裡有笑意，「不過妳如果不介意，我是很願意每天當妳的腿部按摩機。」

「我當然不介意啊。」閉著眼，周曉霖眼皮沉重的說：「但你的手是要用來幫病患看診、建立病例資料跟開刀，不是用來幫我的小腿按摩用的，這樣太大材小用了。」

「幫自己的老婆服務，才是我來地球的重要使命。」

「又在亂說話了……」她閉著眼笑。

李孟奕邊按摩邊說話，本來周曉霖還能跟他一句來、一句去的回應，但到後來，因為太舒服，她的意識漸漸模糊。

再醒過來時，原本漆黑一片的窗外，天色已微亮，周曉霖發現自己躺在房間的床上，身上蓋著被子，前一天穿去上班的衣服也都還套在身上……

一想到昨晚沒洗澡就睡著了，瞌睡蟲瞬間全被趕跑，她翻開棉被，跳下床。

她有那麼一點點潔癖，沒辦法忍受自己沒換睡衣就躺在床上睡覺。她覺得外出服只要穿出門，多少都有灰塵跟細菌沾附在衣服上，如果沒換就躺上床，被單跟床鋪就會沾上灰塵跟細菌。

光想到那些可能從她衣服上掉落到床上的灰塵跟細菌，她就全身不對勁。

匆匆的洗過澡後，她用毛巾包住自己濕漉漉的頭髮，又從床底下的掀櫃裡拿出乾淨的床單跟被套，換掉原本的那套床罩組。

費了一番工夫，爬上爬下，又費力翻開床墊，把乾淨的床單鋪好後，她抱著要換洗的床單被套走出房門，打算把它們丟到洗衣機裡去清洗。

但才打開房門，馬上發現客廳的沙發上躺著一個人。

靠近一看，才發現是李孟奕躺在沙發上睡覺。

周曉霖先把手上的被套丟進後陽台的洗衣機裡清洗，才又躡手躡腳的回到客廳，走到沙發前。

李孟奕習慣仰睡，沒有蓋被子，只在肚子的位置放了一顆抱枕。

周曉霖回房裡取出一條薄被出來，輕輕的拿走他身上的那顆抱枕，動作小心翼翼盡量不吵醒他，再輕緩的把被子蓋在李孟奕身上。

看著李孟奕熟睡的臉龐，周曉霖慢慢的彎下身，蹲在他身旁，細細檢視他眼角旁那些淺淺密布的細紋，突然覺得有點不可思議……原來歲月也是會在李孟奕臉上留下痕跡的，儘管還不是那麼明顯，但隨著歲月的流逝，終會變成深深的刻痕。

他們認識的那年，才十四歲，十幾年過去了，她生命裡一半的光陰，都有他的存在。

看著看著，周曉霖突然伸出手，不由自主的輕輕摸了摸他的臉頰，李孟奕哼了一聲，身子動了動，又繼續睡。

周曉霖懊惱自己的舉動，警惕的把自己的手揹在身後，怕等等又會不小心伸出手去摸他的臉，打擾他的睡眠。

李孟奕的眼睫毛又濃密又捲翹。以前周曉霖最喜歡在他閉眼休息時，用自己的食指輕輕刷過他的睫毛尾梢，每次李孟奕都會笑著說很癢，而她總是忍不住笑得好開心。

過去的回憶，總是去蕪存菁的留下美好。

李孟奕又哼了一聲，周曉霖屏住呼吸，深怕自己的呼吸聲會吵醒他。

突然，他的右手伸了過來。周曉霖還以為他是在作夢，不知道夢到什麼，所以才舉手，也許是正夢到自己在打籃球吧！於是人往後閃了閃，想躲過他朝她伸過來的手，想不到他卻探手伸到她脖子後，勾住她的脖子，把她往自己的方向攬。

李孟奕把周曉霖勾到自己的胸前，眼睛依然是閉著的，嘴裡卻發出聲音，「蹲在這裡做什麼？打算要勾引我？」

「你……你醒了？」

「還沒。」李孟奕的臉上有隱藏不住的笑意，「我覺得自己是在作夢，妳要不要親我一下，證明我不是在作夢？」

周曉霖瞬間臉紅。

「我……我可以咬你一下，讓你確定自己是不是在夢境裡。」周曉霖囁嚅著。

「咬我？」李孟奕又笑了笑，眼皮依然是闔上的，「嗯，也可以，那就咬……嘴唇？」

「我才不要！」周曉霖覺得他變壞了，以前他才不會說這麼輕佻的話呢！

「唔？」被斷然拒絕的李孟奕睜開眼，右手的力道又加重了些，把周曉霖拉得更貼近自己一點。「那我要主動出擊了喔！」

她還來不及錯愕，李孟奕的嘴唇已經侵襲上來了……

回憶總是去蕪存菁的留下美好的瞬間，豐富我們荒蕪的心田。

「你為什麼沒回家？」

周曉霖跪坐在客廳的地板上，李孟奕依然躺在沙發上，她的頭靠在他的胸前，聽見他的心跳聲在胸腔裡迴盪，覺得特別的安心。

「捨不得走。」他回答她。

「今天早上沒上班嗎？」

「沒有。」他說：「我排了休假，反正今天沒有門診。」

「可是我今天要上班。」

「不能請假？」他露出失望的語氣。

「不能。」她理智的回答，「這兩個月，我們很忙。」

「那我好失望。」他大聲的嘆了口氣，哀怨的說：「今天是星期六耶，妳居然還要上班！」

「沒辦法，公司只要一遇到旺季就要加班，這是會計事務所的潛規則。」

周曉霖抬起頭，把下巴抵在李孟奕的胸口，和他四眼相對，她伸出手，玩著他的髮梢。他的頭髮很柔軟，她喜歡用食指把他的頭髮捲起來再放開，反覆著玩，他卻從來不生氣，任由她擺弄。

只要她開心就好，李孟奕總是這樣想著的。

「那我今天要任性一點。」李孟奕說。

「嗯？怎麼任性？」

「早上我要載妳去吃早餐，然後送妳上班。」他說。

聽起來不像任性的要求啊，周曉霖心想，安靜的聽他繼續講下去。

「中午，我要去找妳一起吃午餐。」他又說：「晚餐也是。」

一起吃午餐有點令人為難，因為通常中午她都是跟同事一起訂便當吃的，不過其實他的要求也不是多無理的事，所以她同意的點頭。

「……晚上我還要接妳下班。」他又加碼。

「好。」周曉霖大方答應。

其實李孟奕的要求都不算過分，除了共進午餐之外，其他根本都是他的每日行程。

「然後今天晚上我還要住妳家。」他繼續說。

「啊？」又來？

「明天是週日，妳總該放假吧？我剛好也不用值班，所以今天晚上我要住妳家。」他笑嘻嘻，以一種詭計得逞的笑容看著她，「還要跟妳同枕共眠。」

同……同枕共眠？

「你……」周曉霖驚訝得嘴巴微張，看著他，好像他是從侏羅紀世界跑出來嚇人的恐龍一樣。

李孟奕用手掌扶住她的後腦勺，迅速的在她的額頭上印下一記吻，笑著說：「對，親愛的，妳沒聽錯，我是說同枕共眠，沒有錯。」

「可是、可是……」周曉霖的臉立即火辣辣的燃燒起來。

「沒有可是，不會有如果。」李孟奕依然笑得像個孩子，「就是這樣。」

周曉霖沒辦法拒絕，只好傻楞楞的看著他，最後妥協的點頭。

「明天我們去看電影，最近有一部剛上映的鬼片，我超想看。」李孟奕笑嘻嘻的。

「鬼片？」周曉霖忍不住皺眉，「你知道我最怕鬼了……」

「我會保護妳。」李孟奕得寸進尺，「如果妳真的很怕，那我的胸口就借妳躲，而且我會全程都緊握住妳的手……不過我覺得妳應該會喜歡，那是部泰國拍的鬼片，很多橋段都滿搞笑的，恐怖的部分不多，是部敘述愛與友誼的片子。」

「但我是那種看到恐怖畫面，會把驚悚的片段記在腦子裡，再搭配自己的胡思亂想，自己嚇自己的人哇，這樣不行啦！我晚上會不敢睡覺……」周曉霖哭喪著臉。

「別擔心，我今天回家會多帶幾套衣服過來。」李孟奕拍胸脯保證。「從今天起，我決定要當妳的騎士，每天晚上陪在妳身旁，給妳勇氣，看妳入睡。」

「啊？」周曉霖不懂。

這……是哪裡來的廣告詞？

周曉霖突然有被擺了一道的感覺。

於是，李孟奕就這樣，順理成章的住進周曉霖家。

其實她家離李孟奕上班的醫院有段距離，房子的坪數也沒比李孟奕原來住的地方大，但李孟奕絲毫不以為意，更有了正當的理由可以每天接送周曉霖上下班。

然後周曉霖發現，她的房子裡出現越來越多李孟奕的東西。

首先是浴室。

本來鏡檯上只有一個粉紅色漱口杯和一支淺紫色牙刷，另外還有一瓶卸妝液跟洗面乳，這已經是全部了。

但李孟奕搬進來後，不知道去哪裡找來跟她同款式的淺藍色漱口杯，和一支淺綠色牙刷，還有一條男性洗面乳，跟一支可水洗式刮鬍刀。

毛巾架上的毛巾也從一條變兩條。

接著是沐浴乳跟洗髮乳。因為李孟奕有自己慣用的男性沐浴乳跟洗髮精，也從本來的兩瓶變成四瓶。

然後是她的衣櫃，裡面多了好幾件男性襯衫跟長褲，鞋櫃裡也多了兩雙男性休閒鞋跟一雙球鞋，還有一雙男用的室內拖鞋。

另外的兩間空房已經有一間被李孟奕打掃乾淨，買了新書櫃跟書桌，連他在家看的那些醫療書籍也都搬來了，筆電更不用說，根本是他隨身攜帶的物品。

這裡，已經不再是她一個人的窩，而是他們兩個人的，家。

有些改變，是潛移默化的。

就像剛開始李孟奕一點一滴的把自己的東西從原來的地方搬進她家時，周曉霖只覺得東西好像變多了一點，但沒什麼特殊的感覺，可是時日一久，有一天她突然發現，本來只擺放著自己東西的地方，不管是衣櫃或鞋櫃，甚至是房間的床頭櫃或客廳的小茶几上，全都留下李孟奕也同處一室的證明。

也許是天天看著看著逐漸習慣了，她居然覺得自己的物品跟李孟奕的東西擺放在一起時，意外的搭配。

比如，他的領帶跟她的圍巾放在同一個衣架上，看起來沒有任何違和感。

比如，他的手錶跟她的手鍊一起放在梳妝台上時，畫面看起來有種親蜜的和諧。

周曉霖覺得自己又開始依賴起李孟奕了，就像從前那樣。

以前花了好久的時間才戒除掉的依賴，現在完全失效。

遺忘太難，沉溺又太快。

雖然偶爾她還是會想起楊允程，想知道他到底過得好不好，不過老實說，她更喜歡目前這樣的生活。

能夠跟自己喜歡的人在一起、可以在每天睡前跟他手牽手互道晚安、可以在半夜裡不小心醒過來時，聽著他沉沉的呼吸聲再度安然入睡、可以在天亮醒過來的第一眼就看到他對自己說早安，或者依然沉睡著等她吵醒的他、可以一邊刷牙一邊討論早餐要吃什麼，或那個誰誰誰又推薦了什麼餐廳，找個時間一起去吃吃看……

這是周曉霖想要的簡單生活，平凡踏實，偶爾有點小驚喜，幸福卻恆久流長。

幸福，恆久流長。

同居的日子又過了一個月，許維婷突然在某個星期二晚上打電話來，問周曉霖最近忙不忙，她想要上來台北找她住兩天，心裡有很多事想要跟周曉霖說。

許維婷並不知道李孟奕搬來跟周曉霖同住，打電話給周曉霖的時候，李孟奕正好在身邊。周曉霖上了一天班就像打了一整天的架一樣，整個人累得慘慘的，正躺在李孟奕的腿上昏昏欲睡的看電視。

聽著周曉霖的回話，李孟奕大約能猜測到她們討論的內容。

他把手機從周曉霖手上接過去。

「喂，許維婷，妳這樣太犯規了！」李孟奕搶過手機就說：「人家我們好不容易甜甜蜜蜜在一起，妳來插什麼花？」

「這麼晚了，你為什麼會在周曉霖旁邊？」電話那頭突然變成一個男生在講話，許維婷因此受了不小的驚嚇。

「為什麼不可以？她是我女朋友，我為什麼不能跟她在一起？」

「你們現在……在什麼地方？」許維婷語氣一轉，用不正經的口吻哼哼啊啊的問：「該不會是在……在什麼見不得人的地方吧？」說完還奸笑了幾聲。

「就算是在什麼見不得人的地方，我也不是在外面搞三捻四，不怕妳想歪。不過就算妳要想歪也沒關係，反正我們是男女朋友，不正也是很正常的……」

只有在許維婷面前，李孟奕才會這麼解放，講話的尺度整個無限制。

「唉唷……你很不要臉耶，我聽得都害羞了……我們周曉霖小姐狂不狂野？要不要我傳授幾招給她？」許維婷在手機那頭「嘖嘖嘖」的「嘖」個不停。

「妳連個鬼都勾引不到，是要傳授什麼給她啦？不用不用，我就喜歡她那副傻不楞登、笨手笨腳的呆模樣，這點就不勞妳費心了。」

一旁的周曉霖聽不下去，連忙搶回她的手機，又順勢拍了李孟奕的大腿一下，假裝生氣的瞪他一眼，低聲罵道：「很愛胡說八道耶，討厭！」

「妳不要理他啦，他都亂說。」罵完李孟奕，周曉霖又向許維婷解釋，說他們現在在她家，他已經「死皮賴臉」的賴在她家一個月了。

李孟奕聽見周曉霖在損他，也不以為意，只是不斷的用自己的手指梳著周曉霖的長髮，聽她跟自己的閨蜜講話的聲音。

他最喜歡聽周曉霖輕聲跟人聊天的嗓音了，有種獨特的魅力，溫柔的聲音中帶點甜膩的味道，像春天的花香，讓人舒服。

跟許維婷結束通話後，周曉霖對李孟奕說：「許維婷星期五晚上要過來，你要不要先回家去住幾天？下星期再過來！」

李孟奕裝出可憐表情，哀怨的抗議，「妳居然為了那個沒良心的許小姐，要把我趕回家？」

周曉霖被他臉上偽裝出來的可憐表情逗笑了，她拍拍他的肩，笑著安慰，「就幾天而已，你乖，很快的。」

「她要來住幾天？」

「三天，星期一下午回去，所以我下星期一要排休假。」

「為什麼？」李孟奕立刻大表不滿，「我叫妳請假在家陪我，妳都不肯，說怕工作趕不完，結果許維婷一說要來，妳馬上就決定要請假？好不公平！」

周曉霖覺得李孟奕嘟著嘴吃味的樣子，看起來很可愛。

「你這是在吃醋？」她好笑的反問。

「妳看不出來？」

「你是吃許維婷的醋？」

李孟奕認真的點頭。

她終於忍不住笑起來，撐起身子坐起來，跪在沙發上，面對著假裝生氣的李孟奕，用雙手捧著他的臉頰，笑呵呵的說：「別生氣了啦！許維婷難得來耶，她說她有很多事要跟我說。我如果不聽她說話，萬一她想不開，做出什麼傻事來，那要怎麼辦？」

周曉霖一講完，就覺得自己這個比喻太爛了，許維婷那麼樂觀的人，很難會有什麼想不開的事。

果然，李孟奕直接反駁，「如果連許維婷都會想不開，那我想，全世界有超過一半的人要得憂鬱症了。」

「唉呀，你不要這麼計較啦！」周曉霖難得主動的親了他的嘴唇一下，雖然安撫的成分居多，但李孟奕卻還是有受寵若驚的欣喜。

「妳叫她星期日就滾，我要搬回來。」他退一步，「下星期一早上我有台重要的刀，星期日晚上必須要好好睡一覺，只有在妳身邊，我才能安穩的睡。」

李孟奕跟許維婷在一起久了，別的沒學到，歪理倒是學到一大堆。

周曉霖看著他，理智搖頭，「她說了星期一才要走的嘛！」

「人家不管。」李孟奕任性起來，抱住周曉霖，把自己的頭埋在她的肩窩裡，聲音悶悶的，「三天太久了，我會瘋掉。」

「不然這樣，」周曉霖摸著他的頭，輕輕允諾，「星期六跟星期日，你如果剛好都不用值班，那你白天就來找我們，晚上再回去你家睡。星期一許維婷回去後，你晚上下班就直接過來，好不好？」

李孟奕思忖片刻，終於答應了。

星期五晚上，李孟奕自告奮勇的去車站載許維婷，把她帶回周曉霖家，三個人在周曉霖的小窩裡吃吃喝喝。

因為不能留宿，所以李孟奕晚上滴酒不沾，而許維婷很壞心的一直拿紅酒要引誘他喝，他就是抵死不從。

「因為妳，我要被趕回我那個冰冰冷冷沒人氣的家去！」李孟奕記仇的對許維婷發牢騷。

「其實你留下來也沒關係啊，只不過晚上要睡沙發就是了。」許維婷指指客廳裡的那套沙發，「這裡應該也滿好睡的。」

「我也提議過啊！」李孟奕回答，「但我家老大就是不肯嘛。」

「為什麼？」許維婷看向周曉霖。

「我怕他睡這裡會著涼。」

「蓋棉被不就好了？」

「他會踢被子，客廳又一定要開陽台的落地窗才會通風，但夜裡風涼……」周曉霖耐心的解釋著，「李孟奕是醫生，他可不能隨便感冒，不然他的病患找不到醫生，會很麻煩的。」

「我晚上睡覺沒老婆陪睡，也很麻煩啊……」李孟奕忍不住貧嘴，當然又成功招來周曉霖一陣白眼兼拳打腳踢。

沒良心的許維婷在一旁幸災樂禍，笑嘻嘻的說：「活該！愛亂說話，哈哈！」

李孟奕怨氣深重的狠狠瞪她一眼，巴不得她馬上滾回新竹去。

「楊允程呢？」許維婷夾了塊豆乾正要放嘴裡，卻突然想到什麼似的，停住了手問：「怎麼沒約他來？」

李孟奕看看周曉霖，後者一臉尷尬，他連忙英雄救美的出聲，「忘了。」

「朋友吃飯怎麼可以忘了他？」許維婷說完就掏出手機，「我來打電話給他。」

電話很快被接通，許維婷一聽到楊允程的聲音，整個人都開心起來。

「大老闆，您人在哪兒呀！在忙什麼呢？」她故意捲著舌說話，標準北京口音。

楊允程不知道在電話那頭說了什麼，她整個人樂得跟中樂透一樣，直嚷著，「真的嗎？沒騙我？哇啊，楊允程，你人怎麼那麼好？我真的是太愛你啦……喔，我現在在周曉霖家，你要不要來？李孟奕也在啊……啊？為什麼……喔，這樣啊……好啦，沒關係，那下次好了……ＯＫ的，有什麼問題？你再打電話給我吧！……好好好，咕得掰。」

「幹嘛？瞧妳樂的！該不會是他公司股票要上市，打算分妳5%的股權吧？」李孟奕說。

「有這麼好康，我早就跳起來了，哪還坐得住？」許維婷繼續眉開眼笑，又說：「他說一個他認識的珠寶商從南非帶回來一批漂亮的裸鑽，切割得十分漂亮，八心八箭。他幫我跟曉霖都各挑了一個，正打算要去挑個漂亮的戒台鑲嵌上去，等完工後，要把它們當禮物送給我跟曉霖……哇，想不到楊允程有錢後，變得這麼大方，人真好。」

她忍不住又大大的誇揚起他來，模樣是標準的「吃人嘴軟，拿人手短」。

比起承諾，貼心的舉動更讓人覺得感動，即使只是一個牽手的動作，也能銘心。

晚上，李孟奕被趕回家後，兩個女生漱洗完，躺在床上聊天。

許維婷說她最近快要被一個男生煩死了，天天打電話給她問安，還自作主張的每天買早餐給她吃，咖啡跟點心更不用說，根本就是全套攻勢，公司裡大家都起鬨要她接受。

「我被搞到都快躁鬱症了！」許維婷說得很氣憤，「重點是，他年紀還比我小三歲耶！喔，拜託……三歲！妳知道三歲有多大的差別嗎？就是我唸幼幼班的時候，他可能還被他媽抱在手裡，連走都還不會走、我唸高中時，他才剛進國中、我大學畢業出來工作了，他才剛適應大學菜鳥生活，正準備去騙剛入學的大一新生學妹……」

「如果妳真的不喜歡他，那拒絕就好了嘛。」

「這才是最可怕的地方。」許維婷語氣一換，變得有些哀怨了，「這個星期他請了兩天假，我本來不知道，但星期一早上一進公司，發現桌上竟然沒有早餐，那一刻，不知道為什麼，我突然慌了……然後一整天我都沒辦法專心工作，眼睛老是不由自主的往他部門方向看去，猜想他什麼時候會突然出現……周曉霖，妳告訴我，我這個是不是……有病？我該不會有受虐症或什麼的吧？」

「也許，妳也喜歡上他了吧。」

周曉霖一說完，許維婷馬上側過頭去看她，一臉驚駭表情，活像見鬼。

「妳……是開玩笑的吧？」

「妳自己說過的，喜不喜歡，唯心而論。」周曉霖輕輕笑著，「喜歡一個人的時候，眼睛跟心跳是最誠實的。這是妳說過的話。」

許維婷沒有回話，一臉看起來像便祕三天一樣的難過。

良久，她翻了個身，把頭埋進枕頭下，大聲尖叫，「唉呀！煩死了啦！為什麼不是正常人喜歡我？為什麼偏偏是個小三歲的小弟弟？不知道姊姊有戀兄情節嗎？幹嘛來湊熱鬧啦？還偏偏是個療癒系的，是想要逼死我嗎？不知道我對療癒系的最沒辦法抗拒了嗎？吼唷……真的是快煩死了……」

周曉霖在一旁笑個不停。

也許是旁觀者清的道理，她覺得許維婷再怎麼抗拒，終究還是會接受那位小三歲的小鮮肉。

況。

就像之前，當她陷在困惑中時，只有許維婷能冷靜的分析、解釋她跟李孟奕之間的情離得遠一點，總是看得比較清楚。

隔天，李孟奕來找她們兩個人時，一見到許維婷，像見到什麼活生生異次元生物一樣的露出極度驚嚇表情，瞪大了眼問：「妳怎麼回事？怎麼一張臉萎靡成這樣？難不成妳整個晚上都沒睡，拉著我老婆一直聊天？」

李孟奕一說完，馬上又拉著周曉霖直瞧，關心的問：「妳該不會真的陪她說了一晚上的話，沒睡覺吧？」

周曉霖搖頭微笑，「我睡得很好，倒是許維婷，說她翻了一個晚上的身。不過我睡著了，沒感覺到。」

李孟奕聽周曉霖的解釋後放心了，轉過頭去詢問許維婷，「這位許小姐，妳有心事嗎？還是妳已經到了會認床的年紀了？」

「唉呀，你不懂啦。」

許維婷氣虛的回答，她翻了一整晚的身，現在腰痠背痛不說，徹夜無眠的下場是——頭重腳輕得像飄浮在空中一樣，很不踏實。

「我看妳需要去補眠一下，妳看起來像快不行了一樣。」

「你才快不行了咧！」許維婷有氣無力的瞪李孟奕一眼。

「真的啦，」李孟奕勸她，「妳已經兩眼無神、臉色泛黑、四肢無力，就差沒口吐白沫而已，如果再不去好好補個眠，等等走在街上一定會走著走著就突然『咚』的一下，壁咚地板。」

許維婷大概已經連瞪他都覺得費勁了，更懶得回嘴，瞟了他一眼後說：「那我先回去房間躺一下，先放你們兩個人自由活動，等等要出去吃中餐時再來叫我。」

說完，她就像隻鬼一般的飄回房間了。

見她回房間補眠後，李孟奕才問周曉霖，「許維婷到底怎麼了？」

「大概是快掉進愛情裡了吧！」

「啊？哪個瞎了眼的？」

「喂！」周曉霖瞪他，「這樣很沒禮貌，好嗎？」

「好啦，我其實是很敬佩那個男生的勇氣！」

「許維婷條件很好啊，會看上她的都是有眼光的。」周曉霖重情重義的真心回答。

「但能征服她的才是有本事。」李孟奕接口，「她超強悍的。」

「那是保護色啦！」周曉霖幫好友澄清，「你又不是不知道，她很愛故作堅強，其實內心很脆弱的，像個小女生。」

「哪個人不是這樣？我的心裡也很脆弱啊，也住了個長不大的小王子啊，所以……妳要不要多保護我一點，多疼我一些啊？」

李孟奕擠眉弄眼的表情看起來很猥褻，周曉霖雙手用力的拍在他的臉頰上。

「正經點，小王子！」

李孟奕才不聽，又三八兮兮的搞怪了一會兒，直到周曉霖完全不想搭理他，完全無視這個人，他才肯乖乖恢復正常。

中午，三個人在一間義大利麵餐廳吃午餐。

席間，很湊巧的，又遇到李孟奕的那個兒科學妹吳歆愉。

她正好跟朋友在另一桌吃飯。這次她沒有看到李孟奕，倒是先發現許維婷，就走過來打招呼了。

「姊姊，妳怎麼會在這裡？」吳歆愉開心的拉著許維婷的手，熱絡招呼。

「吳歆愉，妳也來吃飯？」

許維婷的熱情不比她少，宛如正上演一場老朋友意外重逢的戲碼。

「對啊。」吳歆愉點頭，笑得眼睛彎彎，接著她看到從門外走進來的李孟奕，更意外了，「哇，學長，你怎麼也來了？」

「喔，你們認識？」許維婷指指李孟奕，又看著吳歆愉。

「認識啊，他是我們學校的學長，剛好現在又在同間醫院服務，當同事。」

「好巧。」許維婷笑嘻嘻，把周曉霖拉過來，鄭重向吳歆愉介紹，「來，這個，妳要叫學嫂。她是妳學長苦戀多年的唯一女朋友，這次是她第二次連任李孟奕女朋友這個職位，接下來，她就要升官變『老婆』了，快幫她加油！」

周曉霖的臉上頓時有一整片黑線，還有一群烏鴉「呀呀呀」的叫著飛過。

「喂，許維婷，妳不要亂說啦！」周曉霖不自在的皺起眉。

「她才沒亂說。」

李孟奕大方的在大庭廣眾之下，親蜜的勾住周曉霖的脖子，搞得她更尷尬了。

吳歆愉先是楞了楞，隨後馬上笑開一張臉，恭恭敬敬的對著周曉霖叫了聲，「學嫂。」

「欸，不要這樣叫啦，我還不……不是啊！」周曉霖慌忙搖手，一張臉紅得像蘋果。

吳歆愉也大器，笑得心無城府似的，又對李孟奕說：「學長如果跟學嫂要結婚的話，一定要事先告訴我一聲，我好去買份大禮送兩位新人。」

「一定、一定。」李孟奕點頭如搗蒜，搞得好像明天就要跟周曉霖完婚了一樣。

幾個人又寒暄了一陣，才各自回桌。

一回到座位，點完餐，服務生才剛離開，周曉霖就嘟著一張嘴，憋不住的抱怨起他們的一搭一唱。

「太誇張了啦，你們兩個！害我覺得好丟臉。」

「哪裡丟臉？」許維婷反應快的搶話，「李孟奕這麼帥，還是個醫生，家裡又那麼有錢，哪裡害妳丟臉了？」

「不是那個！」周曉霖簡直快被他們搞到崩潰，她先對著許維婷說：「妳幹嘛亂說我要升官變成李孟奕的老婆？我有答應要嫁給他嗎？」然後又對著李孟奕罵，「還有你，你幹嘛要勾我脖子啦？餐廳裡這麼多人，很多人都看到了，這樣真的很丟臉耶。」

「妳又不是明星，沒什麼偶像包伏，讓男朋友勾一下脖子，有什麼關係嘛！」

李孟奕討好似的向她撒嬌。

愛情是一種認定，關於你和我之間的。

李孟奕問起許維婷，怎麼跟吳歆愉認識的？

「她是我以前大學同學的妹妹。」許維婷說：「大學時我們感情很好，常常都會一群人去他家玩。那時吳歆愉才高中，想不到現在已經是醫生了，時間過得好快喔。」

感嘆完，又問李孟奕，「她是什麼科的？」
「小兒科。」
「哇，小兒科耶，感覺要很有耐心才有辦法應付那些哭到『歪腰』的小朋友。」
「哪個醫生沒有耐心？不管是什麼科，耐心都是基本配備。」
「可我怎麼感覺你特別沒耐心？」
「那是對妳。全世界就妳最特別，是唯一一個值得我這樣對待的人。」
「並不需要，好嗎？」許維婷沒好氣的回答，「謝謝你的熱情喔，本人承受不起。」
「好說好說。」李孟奕笑得機車，「做哥哥的怎能不特別照顧一下妹妹呢？妳說對不對？」
「懶得跟你抬槓。」許維婷說完，李孟奕的手機就響了，她趁機反將他一軍，「你手機響了，快接，可能是『外婆』在找。」
李孟奕知道她說的「外婆」是「外面的老婆」的簡稱，也就是人家說的「小三」！
「別亂說啦！」李孟奕瞪了她一眼，又擔心周曉霖會亂想般的向她解釋，「是醫院打來的，我先接一下。」
也許真的是怕周曉霖會胡思亂想，所以李孟奕全程坐在座位上講電話，完全不避諱。
他們點的餐點送上桌的時候，李孟奕還在講電話。他一面說，一面拿出自備的環保餐具，拿紙巾擦了擦，將餐具遞給周曉霖。

周曉霖很自然的接過餐具使用。

許維婷見狀，戳戳李孟奕的手臂，迫使他把目光放在她身上，用嘴形無聲的問：「我的呢？」

李孟奕拿起餐桌上的筆，在餐巾紙上寫下幾個字，再把那張餐巾紙遞給許維婷。餐巾紙上龍飛鳳舞的寫了四個大字：自立自強。

許維婷只好哀怨的拿起服務生送上來的餐具，「自立自強」的抽了張紙巾自己擦拭起來，小媳婦一般的自己叉著麵吃。

她洩恨似的嚼著麵，嚥下後，又忍不住的對周曉霖抱怨，「不是說我是妹妹？有哥哥是這麼當的嗎？只會欺負妹妹，還說全世界就對我最特別……是特別的欺負我吧……」

「妳別理他，他有口無心啦。」周曉霖圓場般的說：「他其實是很關心妳的。」

「屁啦！」許維婷罵完，又順勢偷瞪李孟奕一眼，卻被李孟奕逮個正著。

李孟奕一隻手正握著手機，他用空著的那一隻手敲了敲許維婷的頭，把手機拿遠一點，悄聲的對她說：「吃飯安靜一點，不要抱怨這麼多。」

周曉霖趁機用叉子捲了些自己盤子裡的義大利麵條，送進李孟奕嘴裡，兩個人相視而笑，動作就像老夫老妻一般的親密又自然。

「把我的墨鏡拿來！」許維婷搞笑的用手遮在自己的眼前，低聲嚷著，「我眼睛快閃瞎了。」

李孟奕才不理她，拿起湯匙，舀了一口自己盤子裡的焗烤飯，放在嘴邊吹了吹，送進周曉霖的嘴裡，再繼續講電話。

許維婷受不了這一對的放閃，乾脆眼不見為淨的低頭數自己盤子裡的麵條。

沒多久，李孟奕終於結束通話，拿起湯匙開始舀著自己盤裡的焗烤飯吃著。

許維婷的嘴關不住，她是那種如果不講話就像沒辦法呼吸的人，所以，才安靜了三分鐘，又忍不住開口了。

「他平常跟妳吃飯時，都這麼忙嗎？」她問周曉霖。

「不一定。」周曉霖回答，「不過通常只要是遇到他放假的日子，電話總特別的多。」

「那妳要小心一點，說不定他在醫院裡藏了個『外婆』，遇到他放假的日子，『外婆』沒見到他的面，格外沒安全感，只好打電話給他尋求慰藉。」

「妳有完沒完？」李孟奕見許維婷老對周曉霖危言聳聽，不客氣的直接把自己湯匙裡那口焗烤飯塞進許維婷嘴裡，對她說：「別在我老婆面前造謠，她不會相信妳的，不用白費心機了。」

許維婷看著周曉霖，一邊嚼著飯，一邊口齒不清的問周曉霖，「妳會嗎？」

「會什麼？」

「像李孟奕說的，完全信任他，不會相信別人造的謠，包括我，是嗎？」

周曉霖朝她微笑，然後肯定的點頭。

「對啊，我相信他。」她說，眼神堅定的看了看李孟奕，又笑著對許維婷說：「他是怎樣的人，我明白。」

「看吧！」李孟奕露出大獲全勝的優越笑容，得意的撥了撥頭髮。

「少白癡了！你以為你是花輪？」許維婷受不了的揮揮手，不悅的說：「快吃快吃，吃完你快滾，趁我眼睛還沒瞎之前你快走，不要再在我面前上演你儂我儂的劇情了啦！」

他們還沒吃完，吳歆愉那桌已經吃飽要離開了，離去前，吳歆愉還特地跑過來道別。她先跟許維婷聊了幾句，又跟李孟奕說再見，最後，才甜甜的朝周曉霖笑著說：「學嫂，再見。」

周曉霖的臉又無端地紅了。

被叫「學嫂」，真的很不自在。

「我看妳要早點習慣才好。」許維婷覺得周曉霖的反應真好笑，都幾歲的人了，還動不動就臉紅，活像是十四、五歲情竇初開的小女生。「以後叫妳學嫂的人一定一堆。」

李孟奕在一旁微笑著點頭。

剛才還跟許維婷針鋒相對，現在卻又跟她同一陣線了……友情，真是讓人摸不透的東西啊！

吃過午餐，許維婷提議要去逛街，周曉霖理所當然當陪客，李孟奕則被兩個女生趕回家。

「去去去！」許維婷擺出「你快滾」的手勢，氣勢難得磅礴的說：「女人家逛街，你一個大男人跟著做啥？都礙了我們逛街的興致啦。」

「你先回去休息一下，等我們逛完，再打電話給你，跟你約晚餐地點。」

周曉霖對李孟奕講話就溫柔許多，不像許維婷那麼大剌剌，三句兩句就忍不住要酸他一下、刺他一刀的，過過乾癮。

李孟奕聽話的離開，讓這兩個閨蜜有多一點的時間相聚。

其實，他很喜歡許維婷來台北找周曉霖。他總覺得周曉霖個性太靜，需要像許維婷這種人來瘋的朋友多陪著，搞笑也好、吵鬧也好，總之，能把周曉霖逗笑就好。

也許在這個世界上，沒有人比他更在意周曉霖的快樂。他總想，就算傾付所有也絕不讓周曉霖再受到委屈。

就像之前他媽媽對周曉霖說過的那些話，他是絕對、絕對不會再讓歷史重演了。

星期一下午，許維婷結束三天的「閨密之旅」，帶著愉快的心情搭上火車，準備回去繼續面對小鮮肉的追求。

「我等妳好消息。」站在月台上，周曉霖依依不捨的拉著許維婷的手道別。

「幹嘛來這套離情依依？我們是短暫分離，又不是死別，妳休想我會用眼淚跟妳說再見。」

嘴裡是這樣說，許維婷的眼眶倒是誠實的先紅了起來。

周曉霖看她心口不一，想笑，眼裡卻也突然湧出一陣酸澀。

「都嘛妳！」許維婷先忍不住了，眼裡有一滴淚掉下來，她用手指擦掉，作賊先喊抓賊的叫著，「很受不了耶，妳是在捨不得什麼啦？我又不是李孟奕，也不是要跟妳分手一輩子老死不相往來，妳是怎樣啦？少來灑狗血、賺眼淚這一套喔！」

「是妳先眼眶紅的。」

「還不是妳害的。」

「我本來有忍住啊！可是妳眼眶一紅，我就忍不住了啊。」

「還敢怪我？」許維婷一忙著指責對方，就馬上忘了要繼續悲傷，「我就說我自己來坐車就好了，又不是第一次搭火車，難道會迷路？但妳卻非得堅持要來送我……這下好了，等等我們兩個該不會接著要上演『十八相送』的戲碼了吧？」

「才不會。」周曉霖堅毅的揚著頭，故作堅強的回答，「等妳上了火車，我馬上就轉身離開，絕對不會留戀。」

許維婷笑了起來。

她抱抱周曉霖，說：「跟李孟奕好好生活吧！他是個好人，妳要跟他一直在一起，我才能放心。」

周曉霖用力的打了許維婷一下，吸了吸鼻子，埋怨的說：「妳故意的，對不對？幹嘛突然講這種感性的話？沒看我掉眼淚會不甘心？」

許維婷眼睛濕熱的又笑了。

晚餐時間，李孟奕沒回來，周曉霖打了好幾通電話給他，他都沒接。

一個人坐在餐桌前，她默默的吃著冷掉的飯菜，還不忘幫李孟奕留一份。心裡想著也許今天他比較忙。醫生嘛！總會遇到突發狀況，不能正常下班也是常有的事。

這麼一想，她的心裡就好過一些了。

但一直等李孟奕到十一點，他還是沒過來。

他的手機沒接，訊息沒讀，也沒回電話給她。

周曉霖很擔心，李孟奕不曾這樣子過。以前不管他多忙，總會記得回她電話，再不然就是回訊息給她，絕不讓她擔心。

她抱著膝坐在客廳的沙發上等著，後來不小心睡著了，再醒過來時，已經是夜裡三點多。

李孟奕還是沒來。

周曉霖取過手機，看到自己留給李孟奕的訊息，全都呈現「已讀」狀態，他在夜裡一點多留言給她。

「先睡，晚安。」

四個字，兩個標點符號，已經是全部。

周曉霖怔怔地望著李孟奕的留言，心裡忽然惴惴不安起來。雖然他什麼都沒說，但她卻能感覺到有些不對勁。

於是這個夜裡，她沒再入睡，一個人回到房間，躺在床上，輾轉反側。

她努力的安慰自己、告訴自己：沒事的，李孟奕應該只是加班太晚才沒過來，明天他來的時候，再好好問問他就好。

可是心理建設沒有用，恐懼與擔憂，總能一口就吃掉她已經傾毀的信心。她很擔心李孟奕。

直到天快亮的時候，她才迷迷糊糊睡去，但睡得不安穩，在鬧鐘響起之前，人又醒來。

搭捷運去上班的途中，她用通訊軟體傳訊息給李孟奕，叮嚀他早餐要記得吃，晚上她要煮他喜歡的紅燒蹄膀跟炒三鮮，提醒他下班後記得過來用餐。

她留意到他一直沒有讀訊息，雖然擔心，但她還是告訴自己：也許他還在忙，等忙完他就會回電話給自己了。

抱持著這樣不確定的信念，她把自己埋進工作堆裡。

忙碌一點，就沒有多餘的時間去胡思亂想。

因為晚上不想加班，所以周曉霖加足馬力的趕工作進度，她已經計畫好下班後要先衝到哪裡去買食材了。

周曉霖一忙起來，也是六親不認類型的工作狂，一直忙到下午一點多，肚子餓得拚命咕嚕咕嚕著抗議時，她才終於起身，到樓下的超商去買了碗泡麵，回到公司茶水間用熱水泡開，端著泡麵回自己座位吃。

張文綺回來時，周曉霖泡麵正吃到一半。張文綺走過來，把手上的便當放到周曉霖桌上。

周曉霖驚訝地睜大眼，抬頭看著她。

「剛才看妳工作好認真，叫了妳兩聲妳都沒聽到，我只好自己跑去覓食，又順便幫妳買了個便當回來，想不到妳居然在吃泡麵！」

周曉霖好感動，張文綺這朋友真不是白交的。

「多少錢，我給妳。」說完，她拉開抽屜，拿出零錢包。

「不用啦，一個便當而已，平常妳幫我做的事可多著呢！真要論工計酬，我還妳一個月的便當都還不夠哪。」

「一碼歸一碼，兩件事不能混為一談。」周曉霖不喜歡占人家便宜。「快點，多少錢？」

「就說了不用。」張文綺拒絕收錢，「不過就是一個便當，妳也要跟我較真？這樣以後我都不敢再幫妳買東西啦！」

看她這麼堅持，周曉霖只好收下愛心便當，嘴裡輕聲道謝。

張文綺拍拍周曉霖的肩膀，提醒道：「身體要好好照顧啦，妳看妳臉色這麼差！」

周曉霖莫名其妙的摸摸自己的臉，心想，也不過一個晚上沒睡好，臉上馬上反應出病容啦？

吃完泡麵，去洗手間的時候，周曉霖刻意照了鏡子，這才發現，自己的臉色確實很糟，像好幾天沒睡一樣，臉色如黃蠟、兩眼無神。

早上出門得匆忙，她連隔離霜也沒擦，更別提上粉了。難怪許維婷老說出門一定要化妝，那是一種禮貌，現在她確實有這種感覺。

回到座位後，周曉霖從隨身包包裡翻出備用的粉底液跟蜜粉，輕撲上臉後，氣色看起來果然好一點了。

又忙了一陣子，桌上的內線電話突然響起。

「曉霖，妳先下班吧！工作明天再繼續。」是老闆之一的宋哲銘打的電話。

「唔，為什麼？」周曉霖覺得訝異，好端端的，老闆幹嘛叫她先下班？

「楊允程說他有急事找妳，現在人在公司門口。妳先去吧。」

「可是……」

「先去沒關係，反正妳手上的工作也趕得差不多了，其他的我再找人接下去做也沒問題，妳先下班吧。」宋哲銘不由分說的下令。

懷著莫名其妙的情緒，周曉霖拎起自己的包包，走出公司。才一走出公司大門，就在電梯前看到好久不見的楊允程。

他清瘦了不少。

話。

周曉霖定定的看著他，心情有一點忐忑，她想起他們分手那一晚，他對她說的那些話。

「那個……」

她才正要開口說些什麼，楊允程就截斷她的話，神情嚴肅的說：「我要跟妳說一件事，但是妳一定要保持平靜，不能哭也不能慌，懂嗎？」

已經習慣有你的陪伴，我沒辦法適應沒有你的世界，隨著時光流逝而去的每一秒，都是煎熬。

坐上楊允程的車，周曉霖幾次偷偷看著楊允程沉默的側臉。她不知道他要跟自己說什麼，在心底默默臆測了好幾個版本，但又全被推翻掉，人不由得開始煩躁起來。

她不喜歡等候宣判的感覺，就像陰霾已久的天空，卻遲遲落不下雨，沉悶得讓人心煩。

等待的時間，分秒都痛苦。

正當車上音響裡的女歌手用低沉渾厚的嗓音，緩緩唱出動人旋律時，安靜了一陣子的楊允程卻在這時開口了。

「今天李孟奕有沒有打電話給妳？」

周曉霖沒料到他會這麼問，看著他，怔忡了幾秒鐘，搖了搖頭。

「昨天他幫一個心臟疾病的病患開刀，手術順利成功，但病患卻在推回病房的兩個鐘頭後身體狀況急轉直下，急救無效，人走了。」

周曉霖瞪大眼，完全無意識的用手摀住因為過分驚訝，不由自主張開想尖叫的嘴，她的身體沒有辦法克制的震顫起來。

楊允程沒看她，專心的開著車，繼續說：「病患家屬不能諒解，揚言要告他。家屬懷疑是醫療疏失，通知了兩家媒體，昨天下午到醫院去大吵大鬧。碰巧那兩家媒體的主管我都有認識。我跟他們談了一下，他們也知道，醫療紛爭的案子經常是各說各話，如果貿然報導，過於偏袒家屬，有可能傷害到好不容易才培養出來的醫生，所以會等進一步的檢驗和解剖報告出來之後，再決定要不要追這條新聞。總之，現在雖然暫時先把消息蓋起來，但我不敢保證病患家屬會不會再去通知其他家媒體，如果有別家不講道理的媒體為了搏版面，把事情鬧上新聞，我怕……這對李孟奕，會是很大的傷害。」

周曉霖著急起來，一急，眼淚就忍不住。

「那……那李孟奕呢？他怎麼說？他是那麼小心的人，怎麼會發生醫療疏失？他一定都有按照流程在走啊！我相信他……我相信他是清白的……」

講到後來，周曉霖終究還是失控了，掩住臉，再也忍不住傷心的哭了起來。

她心疼李孟奕，心疼他的傷心，心疼他對自己的責怪，心疼他受的委屈。

「我也相信他有按照醫療程序走，但是，當有心人硬要咬著你不放的時候，你能怎麼辦？我當然也希望事情能平安落幕，雙方握手言和最好。可是對方擺明了就是要錢，才會這樣大吵大鬧。他們的目的，就是希望醫院或醫生拿出一筆他們覺得合理的金額，拿了錢，他們自然會乖乖閉嘴，不吵不鬧。」

「李孟奕又沒有做錯事，他盡己所能的救人，這樣有什麼錯？他們憑什麼要醫院或李孟奕拿錢出來？」周曉霖抽泣著說：「發生這樣的事，李孟奕一定也很難過啊，可是怎麼有人會用這種方式打擊他？太不公平了吧！」

「周曉霖，妳太單純了。」楊允程嘆了口氣，「可是這就是現實社會，不管妳喜不喜歡、要不要，妳就是得接受這樣的生存規則。」

周曉霖沉默了，她抽抽噎噎的哭著，第一次覺得人類的心，居然是這麼樣的邪惡與骯髒。

哭了一陣後，她哽咽的問楊允程，「那現在李孟奕人呢？」

轉頭看了她一眼，楊允程吁了口長長的氣，說：「我以為妳知道，所以才幫妳跟公司請假，帶妳出來找他的。」

「我從昨天晚上就開始聯絡不到他人了……」周曉霖說著說著，突然驚恐起來，腦海裡出現各種不好的畫面。倏地，她心驚的抓著楊允程的手，顫著聲問：「他……他會不會……」

「周曉霖，妳冷靜點！」

她話還沒講完，楊允程就打斷她的話，抓住她的手，一字一句，慢慢的對她說：「李孟奕不是糊塗的人，也不是經不起挫折跟打擊的人，妳跟他認識這麼久，難道妳不知道嗎？他只是躲起來了。可能是因為太傷心，所以暫時不想見人，就像妳難過的時候，也會把自己悶在棉被裡痛哭一樣……妳不要胡思亂想。」

周曉霖抹掉臉上的眼淚，但卻怎麼樣也抹不掉心裡的恐懼。

楊允程載她到李孟奕家樓下。因為之前周曉霖曾在李孟奕家住過一陣子，所以管理員認識她，知道她是李孟奕的女朋友，於是讓他們順利的通過管理室，直接搭電梯到李孟奕住所的樓層。

兩人來到李孟奕家門口，按了許久的門鈴，卻沒人來應門，周曉霖又不死心的打了十幾通電話給李孟奕，都被轉入語音信箱。

她急了，慌亂的拍著門板，完全不顧形象的大叫李孟奕的名字。

隔壁有鄰居開了自家大門，透過門縫看熱鬧。

楊允程覺得丟臉死了，周曉霖這麼不顧形象還真的是第一次……朋友果然要慎選，她就是交了像許維婷那樣的朋友，才會被影響到漸漸氣質淪喪。

「好了，別叫了。」楊允程拉拉周曉霖的手，低聲在她耳邊說：「李孟奕的鄰居都在偷看了啦！」

周曉霖哭得滿臉鼻涕眼淚，昔日的「女神」形象，如今已經蕩然無存。

她看著楊允程，突然想到自己的包包裡有一串之前她住在李孟奕家時，他交給她的鑰匙。

那時要搬離他家時，她把鑰匙還給他，他卻堅持要自己收著，說日後搞不好用得到。

他那時的意思，應該是指如果有一天，她終於答應搬來跟他同住，那串鑰匙剛好就可以派上用場。

但怎麼樣也沒有想到，現在這串鑰匙，居然是在這樣的情況下重新登場。

她打開包包，伸手在裡頭撈，但她的手抖得好嚴重，好像怎麼樣都撈不到那串鑰匙。

最後，她索性蹲下身，把包包倒反，倒出裡面全部的東西，終於看見那串鑰匙。

她抓起鑰匙，試了幾次，才順利把鎖匙插進鑰匙洞裡，大門在「喀」的一聲後打開了。

周曉霖推開門，直接衝進房裡去，把她的包包跟雜物，全都丟在門口的地上，楊允程只好苦命的目送公主進屋去與王子重逢，自己則蹲在門口收拾殘局。

周曉霖找遍了房裡的每個房間、每個角落，甚至連兩間浴室都找遍了，就是沒看到李孟奕的身影，她急得眼淚又直直掉。

最後終於瞥見落地窗外那個高拔的背影，一顆懸盪著的心，終於平穩落了地。

她先擦掉自己臉上的眼淚，然後推開落地窗走出去，站在李孟奕身邊。

「嘿！」她努力讓自己的聲音聽起來無恙，雖然很失敗，但至少她努力了。

李孟奕回過頭來看了她一眼，臉上看不出什麼表情，但卻不再給她以往的溫暖笑容。

周曉霖拉了拉他的手，把自己的手伸進他的臂彎裡，頭靠在他的臂膀上。

「你打算要從這裡跳下去嗎？」她問，聲音淡淡的，沒有高低起伏，手卻緊緊地攬住他的手臂。

「如果我的答案是『對啊』，妳會拉住我嗎？」李孟奕輕聲回答。

「不會，」周曉霖搖頭，哭過後的濃濃鼻音在風裡飄散著，她看著他，用堅定的神情，輕聲說：「我會跟你一起跳下去。」

李孟奕頓了頓，突然舉起手，用力把她攬進自己的懷裡。

「傻瓜！」他把下巴抵在她的頭頂上，低聲對她說：「生命那麼珍貴，妳再怎麼樣也不可以做出傻事。」

「如果沒有你，我的存在就一點意義也沒有了。」周曉霖緊緊環抱住他的腰，把頭貼在他的胸口，「你是我願意存在這個世界的唯一理由。」

李孟奕笑了，扶住她的臉頰，讓她抬頭看著他，在她的額上，印下深深的一個吻。

「我重要到妳連自己的爸爸也不要了嗎？」

他知道她父親在她心中的重量。

「要的。」周曉霖甜甜一笑，「爸爸跟你，我都是要的，所以我後悔了。我們都不可以往下跳，我們都要為自己心裡重要的人好好的，好嗎？」

李孟奕摸著她的頭，臉上的笑意擴大了。

「小笨蛋！」他說。

對他而言，周曉霖真的是他的小笨蛋，笨到願意接受他媽媽的威脅而離開他，又笨到藏不住自己的感情。在他第二次向他告白時，馬上就答應跟他交往，還笨到心甘情願的把自己的生命交到他手上。

但他的心，卻因為這個小笨蛋，而變得溫暖了。

◉我們都要為自己心裡重要的人好好的，好好的幸福微笑。

李孟奕的外科部主任給了他一個星期的假期。發生這種令人遺憾的事，他知道李孟奕身受的打擊，並非外人能理解。

周曉霖也跟會計師事務所請了一個星期的假。打電話給會計師老闆時，她想了一堆說詞，還做了最壞的打算，如果老闆不准假，那她就要提出辭呈。

人生難得任性一次，她已經乖太久了，偶爾也該叛逆一下，更何況是為了李孟奕，她願意的。

哪知她才說了自己要請假，原因都還沒解釋，宋哲銘就直接阿莎力的說好。

周曉霖猜想，宋哲銘會這麼好說話，應該又是楊允程的傑作了吧！

不知道他到底是跟人家說了什麼理由？否則依老闆那種龜毛又謹慎的個性，總是要問清原因才有可能會放她假的啊。

請完假，周曉霖匆匆衝回自己家，拿了幾件換洗衣物和日常用品後，就又回到李孟奕家。

「妳一早到底在忙什麼？」

李孟奕整夜沒什麼睡，直到清晨天色露出魚肚白時，他才終於疲累得在房間裡睡著。

周曉霖是確定他睡著後才開始進行一切的動作。她一直很擔心他會做傻事，不敢離開他片刻，雖然他答應自己會好好的，但她就是不放心。

當她拎著行李袋打開大門，才剛走進客廳，李孟奕已經起床了。

「你怎麼這麼快就睡醒了？」周曉霖詫異。

「職業病。」李孟奕喝完手中的白開水後，輕聲回答，「當醫生之後，要好好睡一個覺，已經是很奢侈的事了，半夜被電話或簡訊 call 醒是經常的事。所以，我已經習慣讓自己在最短的睡眠時間內補足精神。」

李孟奕是笑著說這些事的，對他而言，睡眠是件微不足道的小事，但聽在周曉霖的耳裡，卻只感覺到酸楚。

她走過去，抱住他，什麼話也說不出來。

她好心疼他。

然而平靜的日子才過了一天，第二天下午，李孟奕的電話突然變多了起來。

周曉霖本來覺得沒什麼，因為他平常放假時，電話自然會多一點，但今天真是多到誇張，已經到了才掛掉上一通電話，手機馬上又會響起下一通的程度。

李孟奕接電話時，臉色不太好，對話內容也很簡短，到後來，他乾脆把電話調成靜音。

直到這個時候，周曉霖才明顯察覺到異樣。但她不是多話的人，所以只是靜靜的坐在一旁聽著、看著。

直到楊允程發了條訊息到她手機，她才知道，原來這件事，終究還是壓不住的從媒體的報導中爆發開來了。

一批新聞記者衝到醫院去要採訪李孟奕，得知他休假後，又不知道從哪裡打聽到他的手機號碼，開始打電話騷擾他。

楊允程知道消息後，連忙衝到李孟奕家，卻在住家樓下看到一堆正在守株待兔的記者跟SNG車。

「那些記者現在在樓下圍守，你們沒事千萬不要出來，我想辦法送吃的進去。」楊允程打電話給周曉霖，講義氣的商量。

周曉霖不知道事情居然發展到這麼失控的境界，她不敢打開電視觀看，只能偷偷用手機上網看網路新聞。

那些記者們很厲害，他們不僅把李孟奕的身家都調查仔細，甚至連她都被起底。病患的家屬們在攝影機前聲淚俱下的哭訴他們的委屈，捏造了一堆對李孟奕惡意的傷害，企圖搏取社會大眾對他們的同情，網路鄉民紛紛留言，一面倒的站在病患家屬那一邊。

不過也不是沒有溫暖，一些曾經被李孟奕救治過的患者和家屬，主動站出來幫他說話，但是人微言輕，他們的聲音，究竟還是敵不過那些討伐的尖銳言論。

「別看了。」正當周曉霖滑著手機看那些網路留言時，李孟奕走過來，拿走她的手機，聲音淡定的說：「看多了，心情只會更不好。」

「可是……」周曉霖鼻子一酸，眼睛又濕了，「……他們都亂說，怎麼……怎麼就沒有人站出來幫你多說幾句話？」

「這就是現實人生。」李孟奕一副無所謂的神情，「你做一百件完美的事，人們也不會給你掌聲，他們覺得那是你應該要做到的；但如果你不小心做錯了一件事，就得接受言論的評論與懲處，因為你不可以有錯。」

「可是這樣……真的很不公平啊！你那麼盡心盡力……」

李孟奕摸摸周曉霖的頭，笑笑的問：「知道我為什麼要當醫生嗎？」

周曉霖看著他，誠實的搖頭。

「因為妳。」

「我？」

「對，妳。」李孟奕點頭，繼續說：「國中時，妳有次身體不舒服，我跟許維婷送妳去保健室，後來許維婷向我坦承說妳有地中海型貧血……那是我第一次有了想當醫生的念頭，再加上家人的期待，我就這麼順理成章的讀起醫學系。」

周曉霖一楞，她還不知道，原來他早就發現自己有地中海型貧血。

「以前跟妳在一起的時候，我老是強迫妳跟我一起吃牛肉，還勉強妳喝點紅酒，是因為我聽說牛肉跟葡萄酒都有補血功效。雖然我也不知道到底是不是真的，但我總想，既然坊間都這樣傳言，應該多少有點可信度。起碼，這些都不是壞東西，沒補到血至少也補充營養了。」

周曉霖心中一暖，原來，他這麼愛她……

「其實，醫生這個職業，並不是我的理想工作。我不是不愛這份工作，畢竟它也讓我學到很多東西，它讓我把心中的熱情充分發揮。這些年來，我都是秉持著這樣的熱情去救人，每次幫病患開刀的時候，我整個腦袋裡想到的，永遠只有『成功』兩個字。我一定要成功的開完這台刀，讓患者可以平安被送回到他家人的懷裡，我不想要看到病患家屬眼裡的悲淒，不想要聽見死別的哭聲，我只想盡我所能的讓他們都好好的……可是，有時我也會問我自己，這真的是我要的生活嗎？」

李孟奕頓了頓，又說：「妳知道醫生的時間都是醫院跟病患的嗎？再這樣下去，我只會越來越忙，越來越沒時間陪妳，我不想在妳的生命裡缺席太久，也不想在我們的孩子的成長裡缺席……」

李孟奕一說完，周曉霖就「嗤」的一聲笑了。她一笑，眼裡濛上的那層薄霧就順勢被擠出，順著臉龐流下。

她又笑又哭的打了李孟奕一下，抗議的說：「誰想要跟你有孩子啊？你臉皮很厚耶，我有說要幫你生孩子了嗎？」

「不生孩子也沒關係，」李孟奕抱著她，「反正我愛的是妳，兩人生活也挺好的，天天都像在度蜜月，也不錯。」

「臭美啦你！」周曉霖又拍了他的手臂好幾下，「我也沒說要跟你一起過什麼兩人生活啊。」

「那妳提那個行李袋，從妳家離家出走到我家，又是為什麼？」

「這個……呃……就是那個……」

周曉霖語塞了。

「是想跟我私奔的意思嗎？」李孟奕笑了笑，「好啦，不管妳想奔到哪裡去，我都願意跟隨妳！妳走，我就走，這樣好不好？」

周曉霖看著他，半晌，重重的點了頭。

◉你走，我就走。天涯海角，有你在的地方，就是家。

第三天，李孟奕所屬醫院的院長出現在媒體上，義正詞嚴的幫李孟奕說了話，也明確說明了當時的醫療過程，言明他們並沒有如媒體或家屬所說的有所謂的醫療疏失。

對於病患家屬揚言提告的部分，院長也作出了回應，「我們願意配合調查。」

周曉霖很感動，這個世界上，還是有好人的。

相較於她的又哭又笑，李孟奕倒顯得十分平靜。

看不慣他總是沒有情緒起伏的表現，周曉霖大為不滿，感覺好像都是自己在唱獨角戲，李孟奕只扮演一個觀眾的角色。

但這場明明就是他的戲啊！

「李孟奕，如果你真的很難過，我真的不介意聽你哭一下，真的。」

「我為什麼要哭？」

「心情不好就要哭出來才有益身心健康啊，老憋著，會生病的。」

「可是我沒有想哭的感覺啊。」

「那不然……我開電視讓你看一下，說不定你就會想哭了……」

爛招！

周曉霖一講完那些話，自己就想直接咬舌自盡了！

「我真的沒有想太多，只是在想，那位病患的靈堂設在哪裡？如果我過去拈一柱香，不知道會不會被他的家屬丟鞋子……」

周曉霖一聽，差點跪下來求李孟奕不要衝動，他要是真的去了，可能是直的走進去，橫的被抬到醫院去……

兩個人正聊著，門鈴突然響了。

周曉霖被門鈴聲驚嚇得從沙發上跳起來，一臉驚恐的表情。

該不會是……記者吧？

記者都很神通廣大，這一點，周曉霖從來沒有懷疑過他們的超強能力。她就曾經看過有記者為了要拍某些獨家照片，飛簷走壁般的爬著牆，或趴在危險的高處，只為了要拍攝一張好角度的照片。

李孟奕走到大門前，透過門上的貓眼往外看了看後，開了門。

走進來的竟然是李孟芯和李媽媽。

周曉霖怔楞住了。

李媽媽也吃驚的看著她。

只有李孟芯開心的跑過來，拉著她的手，親膩的叫著，「曉霖姊姊，妳跟我哥又在一起啦？」

李媽媽很快就恢復過來，她朝周曉霖點了點頭，假裝客套的問：「曉霖，好久不見，妳最近怎麼樣？」

「還可以，李媽媽。」周曉霖覺得空氣好像變稀薄了。

不可諱言的，李媽媽帶給她的壓迫感，還是存在的。

李媽媽點點頭，又朝她笑了笑，才轉頭看著李孟奕。

「怎麼發生這麼嚴重的事，也不跟家裡說一聲？你爸現在已經拜託人去處理了，等事件壓下來後，你再回去醫院上班吧。」

「媽，這件事你們不要管，我沒做錯什麼事，司法介入也沒有關係，我相信法律最終會還我一個公道的。」

「你以為司法不會黑箱？李孟奕，你太天真了。」李媽媽聲音大起來，「這件事如果不找人去擺平，只會越鬧越大，到時候你要怎麼在醫界混下去？」

「媽，我說了妳不要生氣。」李孟奕看著自己的媽媽，溫柔的眼神中，有堅定的神采，「我早就不想再當醫生了，所以不管這件事情會繼續延燒下去，或是就這麼平息下來，我都會遞出辭呈。」

他話一講完，屋子裡的三個女人同時都楞住。

「李孟奕，你瘋了？」李媽媽不愧是見過世面的人，她總是能在一秒鐘之後，就立即反應過來。

「我沒有瘋，媽媽。」李孟奕還是溫柔的語調，「就算沒有發生這件事，我還是會找時間遞出辭呈，這件事，只是加速我的離開的導火線，並不是主因。」

「你知道我們為了栽培你，花了多少錢嗎？你怎麼可以這麼任性？」

「我不是任性，我也很感謝您跟爸爸，總是給我最好的資源。但您知道我為了要當上主治醫生，失去了多少快樂跟自由嗎？媽，我的痛苦與煎熬您不會懂。我已經實現了您們的願望，從現在開始，也請您們讓我實現我自己的夢想，好嗎？」

李媽媽深吸了一口氣，強迫自己聽聽李孟奕說話。

「好，那你告訴我，你的夢想是什麼？」

「找一塊地，蓋一間民宿咖啡館，在滿室的咖啡香裡，和我喜歡的女人一起工作，有客人時，就泡咖啡給客人喝，聽他們說說話，沒客人時，就跟我喜歡的女人在一起談天說地，聊天氣、聊夢想、聊過去、聊未來，聊一切我們能聊的事情，就算是隔壁鄰居家的小貓或小狗生 baby，也能當作一件新鮮事的笑著聊，這就是我的夢想。」

李媽媽一臉看起來快火山爆發的樣子。

倒是在一旁的李孟芯開心的拍起手來，「哥，你好棒喔！光聽你這樣說，我都嚮往住到你開的民宿裡去，喝你泡的咖啡，吃曉霖姊姊做的手工餅乾……呃，曉霖姊姊，妳會烘焙吧？」

周曉霖簡直要石化了，這位李小妹妹哪壺不開提哪壺啊？沒看到她媽媽都快要爆炸了嗎？

「會吧？會吧？」見周曉霖沒馬上回答，李孟芯仍不死心的追問。

對上她充滿期待的眼神後，周曉霖氣虛的點點頭。

「耶，我就知道，我哥愛的女人絕對超凡，太棒了！」

周曉霖心中暗想，不過就是會點烘焙烹飪就超凡？那天底下超凡的女人真是多得去了。

李媽媽一見兒女都不站在自己這一方，突然氣急敗壞的把箭頭轉向周曉霖，她覺得李孟奕會突然變成這樣，一定是周曉霖指使的。

她舉起手，指著周曉霖，質問她，「妳！妳到底是跟李孟奕說了什麼？怎麼他好端端的就不做醫生了？快說啊，妳！」

被這突如其來的狀況嚇住，周曉霖一時反應不過來。

「媽，這件事根本就跟周曉霖沒有關係啊。」李孟奕走過來，把周曉霖護到自己身後，向母親解釋，「那是我自己的決定，她也是到今天才知道我心裡有這個想法的。」

「你不要幫她說話！」李媽媽發火起來。

「我沒有幫她說話！」李孟奕為了保護周曉霖，不惜跟自己的媽媽大聲，「我是就事論事。您對她有偏見，您不喜歡她，那是您的事，但她，就是我想攜手走一輩子的女人，這一次，我絕對會好好保護她，不會再讓您逼走她……」

「你……你都知道了？」李媽媽怔了怔，隨後氣焰更高張，聲音也更大聲。「周曉霖，妳答應過我不跟李孟奕說的，妳怎麼這麼不守信用？」

周曉霖漲紅了臉，低聲解釋，「我沒有跟他說啊……」

「不是她告訴我的。」李孟奕說：「媽，從小您就跟我們說，人在做天在看，鴨蛋再密也有縫，只要曾經做過的事，就有可能會被人知道……這是您一直跟我們強調的道理。」

「對啊對啊，媽，妳每次都這樣恐嚇我，沒錯沒錯。」李孟芯站在一旁看戲看得無聊，連忙插一下花，結果換來她媽媽的白眼好幾枚。

這時，周曉霖鼓起勇氣，輕輕的推開李孟奕，朝李媽媽深深的鞠了個躬，用平穩的聲音對她說：「李媽媽，對不起，請您原諒我不守承諾的又回到李孟奕身邊，但是如果您年輕時曾經深深愛過一個人，一定會明白生離的那種痛，那種渴望能再回到他身旁去的痛苦掙扎。我努力的壓抑過了，真的！但在重遇李孟奕的那一刻，我就知道我會前功盡棄。我很清楚，就算已經過了那麼多年，我還是愛著他的。所以這一次，李媽媽，對不起，我不會再離開他，如果他要放棄醫生這個職業，去追尋他的夢想，那麼我也會放下所有，陪他去流浪、陪他吃苦、陪他追逐他的夢想。因為失去過，所以我會更珍惜重獲的幸福，您放心，只要李孟奕不放棄我，我就會對他不離不棄，一輩子照顧他。」

李孟奕很感動，他才伸手要拉住周曉霖的手時，另一個身影卻先一步撲向周曉霖。是李孟芯那小鬼。

「嫂嫂！」李孟芯滿臉淚水，卻笑著叫著，「從今天開始，妳就是我嫂嫂，我一輩子的嫂嫂！」

不離不棄，一輩子陪著你，陪你歡笑哭泣，陪你慢慢老去，是我最幸福的事。

李孟奕醫療糾紛事件，很快就落幕了，一半的原因歸功於李孟奕有個超強靠山的爸爸，另一半的原因，則是調查的結果表明，在醫療過程中，李孟奕完全合乎正統的醫療程序，沒有疏失。

再加上他在開刀前，確實告知過病患家屬，此次開刀的風險很大，讓病患家屬評估是否願意開刀治療，有盡到告知的義務，立場無懈可擊。

然而就在事件水落石出的同一天，李孟奕向醫院遞出辭呈，儘管外科主任跟院長都極力挽留他，他還是堅決辭職。

李孟奕辭職的消息，隨即被神通廣大的媒體記者拿來大肆報導。

他們用的標題不外乎是「對醫界生態失望」、「醫療糾紛多，醫生決定辭職遠離醫界」等等令人瞠目結舌的聳動標題。

於是，社會大眾又一面倒的挺起李孟奕來，更有一些民眾透過網路留言呼喚李孟奕留下來。

「哥，你又紅了！」

李孟芯一看到電視播報，馬上興奮的打電話給李孟奕，開心的在手機那頭大叫。

「妳很無聊耶。」

「就是無聊才看電視嘛。」李孟芯笑著，又說：「我同學問我能不能跟你要一張簽名照，哥，可以嗎？」

「免談。」

「哎唷，哥，你一定要這麼難商量嗎？」

「是的。」

「那我跟嫂嫂要好了。」

「妳敢！」

「敢啊，為什麼不敢？我誰啊？我李孟芯耶！從小天不怕、地不怕的李孟芯耶，有什麼事是我不敢的？」

李孟芯一說完，馬上就掛掉電話，五秒鐘後，周曉霖的手機響了。

「李孟芯那小鬼不管說什麼，妳都不要答應，聽到了嗎？」李孟奕對著周曉霖喊話。

周曉霖沒理他，逕自跟李孟芯嘻嘻哈哈的聊起天來。

「……好啊好啊，沒有問題，我再跟他說……嗯，好，再見。」

周曉霖講完電話，走過來，才開口說：「李孟芯她說……」

「休想。」

「啊？」周曉霖錯愕，她話都還沒說呢！

「我說，休想！就是免談的意思，也就是說，不行！沒得商量。」李孟奕看著她，正經的說：「這樣，妳了解了嗎？」

「真的不行？」

周曉霖睜大眼向他確認。

「不行、不能、不可以。」李孟奕強調。

「真的嗎？」周曉霖再次確認。

「對！肯定、確定、篤定。」

周曉霖嘆了口氣，又拿起手機，回撥電話給李孟芯。

「孟芯，幫我跟妳媽媽說抱歉，妳哥說不行。」

李孟芯肯定又在電話那頭跳腳，只見周曉霖無奈的解釋，「可是妳哥那個性妳也知道，他決定了的事，誰也沒辦法改變啊……我已經跟他說了，但他不等我把話說完，就說不行、不能、不可以。妳再幫我跟妳媽媽解釋一下吧……好好好，我知道了，嗯嗯，再見。」

李孟奕覺得周曉霖跟李孟芯聊天的內容怪怪的，好像跟剛才李孟芯與他的電話內容不太一樣，於是好奇的問原委。

「你不是說不可以了嗎，幹嘛還問？」

周曉霖也不太想理他了。

「剛才李孟芯是要幫她同學跟我要簽名照，我才拒絕她的啊。」李孟奕解釋，「她到底跟妳說了什麼？」

「她說，你媽媽叫你帶我回家去吃飯，問你什麼時候可以帶我回去？」

靠！李孟芯這個死丫頭！居然用這種方式來對付他。

李孟奕馬上從桌上抄起手機，回撥電話給李孟芯。

電話才響一聲，李孟芯馬上就接起電話。

「喂……」嬌滴滴的聲音，還刻意把尾音拖得長長的，十足嬌媚撒嬌的音調。

「臭丫頭，妳故意的，是不是？」

「什麼？」李孟芯裝傻的問。

「媽叫我帶周曉霖回去吃飯，這件事妳怎麼不一開始就跟我說？害我以為妳是要叫她跟我要簽名照，才會一直不聽周曉霖說話，拚命拒絕她……妳找死嗎？啊？」

李孟芯也不跟他直接溝通，惡作劇的突然大叫，「喂？喂？喂……收訊怎麼這麼爛……喂……哥，哥，你聽得到嗎？啊，收訊太爛了，那我先掛掉了喔……」

說完，她自行結束通話。

李孟奕拿著自己的手機，又好氣又好笑。

這丫頭從小就有表演欲，即使到了二十幾歲，一樣很愛演。

他這回拿起周曉霖的手機撥回去。

「喂，大嫂，我哥真的生氣了嗎？」

李孟芯看到來電顯示是周曉霖，不等李孟奕開口就直接問。

「對，沒錯。」李孟奕的回答讓李孟芯差點腿軟。「妳下次再這樣惡作劇，看我饒不饒妳！」他沒忘記再來個下馬威。

「好啦，我下次不敢了啦！」每次都是這樣的回答，但每次的下次，又會歷史重演一次。

「妳轉告老媽，我下星期就會帶周曉霖回去，聽見沒？」

「為什麼不是這個星期？我很想念大嫂耶。」

「這星期我們跟墾丁那裡的地主約好了要去看一塊地，跑來跑去太累了，所以得等下星期再回去。」

「既然都要去墾丁了，那就順路回來嘛。」李孟芯不死心。

「沒辦法，我們看完地，要在那裡住兩天，妳大嫂還要再趕回來上班，時間太倉促了，所以下星期再回家。」

「那我要跟。」

「不行。」

「為什麼不管我跟你說什麼，你都說不行、不可以？哥，你真的很不人性耶。」

「妳才不人性！我跟我老婆去度假，妳插什麼花？」

「就順便嘛！你就當成是順便帶我去的嘛。」

「根本就不順便，而且……我這次去的目的，除了看地，還有一個重要的任務。」

「什麼重要任務？」

「看看這次能不能幫妳爸媽帶個小孫子回來……這樣妳還要跟去觀摩嗎？」

「呃……那你不用順便了，謝謝！」

「記得幫我跟媽說下星期啊。」算李孟芯識相。

「好啦、好啦。」

結束跟李孟芯的通話後，李孟奕放下手機，這才發現一個更大的危機在等著他。

「李孟奕，你跟你妹說什麼？」周曉霖臉上有殺氣。

「呃……有嗎？」這回換李孟奕裝傻。

「沒有嗎？」周曉霖逼近他一步，李孟奕就馬上退一步。

「喔，對對對，有有！我跟她說，請她跟媽說我們下星期會回去吃飯。」

「不是這一句。」周曉霖目光如炬，瞪視著李孟奕。「你說我們去墾丁有個重要任務……」

「喔喔，有嗎？妳聽錯了啦！哈哈。」

「還『哈哈』咧！」周曉霖又往前踏進一步，李孟奕隨即又往後退一步，退到無路可退時，他跌坐在沙發上，賠笑的看著周曉霖。

「那個是……開玩笑的。」

「一點都不好笑！」

「嗯，對！真的不好笑。」李孟奕摸摸頭，又「哈哈」的乾笑了兩聲。

「下次再說這麼輕佻的話，我就真的要生氣了，知道嗎？」

這下，換周曉霖給李孟奕來個下馬威。

「知道、知道。」李孟奕乖順的點頭。

李孟芯以前常說「一山還有一山高」、「一物剋一物」，看起來，這小鬼還真有先見之明啊。

周曉霖確實是他的剋星，全世界大概也只有她鎮得住他。

不過，他是心甘情願被她鎮住的，誰叫他那麼愛她呢！

即使一輩子都要屈服在她的淫威之下，他也是願意的。

只願此生不離不棄，一輩子相伴，相視而笑、相擁而泣，牽著手慢慢一起變老，一起喜樂幸福，終生。

◉驀然回首，你始終都在燈火闌珊處，不曾遠離。

－後記－
關於他們的，第二次戀愛

終於把整個故事寫完了，也給了對這個故事有期待的你們有了一個交代。

上一本書《擦肩而過，我和你的愛情》出版後，我接到許多讀者的留言，內容大多是可惜李孟奕跟周曉霖的分離。我才知道，原來大家都喜歡幸福的終結，刻骨銘心的悲傷愛情雖然揪心，但大家流過淚後，還是希望能看到男女主角有好的結果。

也許是這個世界上令人傷痛的事太多，所以我們總期望在不完美的世界裡，能從故事中，看到完美的結局。

所以這一次，我讓李孟奕跟周曉霖再度重逢，讓他們第二次戀愛，共同抵抗曾經試圖拆散他們的阻力，讓周曉霖變得勇敢，也讓李孟奕變得更加堅定，守護他和她的愛情。

愛一個人，並不是喜歡他的完美，而是互補彼此的殘缺，找到一個更契合雙方的定位，一起面對生活中的風雨波瀾，走到生命盡頭。

這本書裡，延續了上一本書中出現過的幾個角色。

我一直很喜歡楊允程，總覺得這個配角太搶戲，有點鋒芒蓋過李孟奕的感覺。他的個性、他對待朋友的方式、他喜歡一個人的微酸心事……全都讓我鍾情，所以在這本書裡，我給了他比較重的戲分，希望你們也會喜歡他。

許維婷還是一樣的搞笑可愛。她大概是我在寫這本書時，最不用花腦袋思考應該說出什麼話、做出什麼驚人舉動的角色吧！寫她的感覺，總是那麼自然而然（莫非是作者本人的投射）。

另外值得一提的是，因為這本書裡多加了許多晴菜姊姊上一本書的主角胡禹承的戲分，所以，Sunry便身負為讀者們「謀福利」的艱鉅任務，硬著頭皮（？）去向日理萬機的晴菜姊姊討了一篇胡禹承跟孫洛英的番外篇。幸好平時因為跟晴菜有共同敵人（商周小編），透過同仇敵愾的悲憤情緒而建立起堅固不催的強大友情，所以我才一開口，咱們的晴菜姊姊立刻就答應了（大家歡呼一下吧）！

我說過，創作這條路是寂寞的。不過我沒跟你們說的是，創作完面臨的是更沉重的寂寞。因為當為一個故事寫下最後一個字後，情緒或許還沒辦法立即從故事裡抽離，但重心已經遠離，於是心便空落落的宛如被刨空了一般。

雖然每次趕稿期間總令我萬分痛苦，特別是夜深人靜，全家人都在呼呼大睡之際，我卻要一個人挑燈夜戰，往往會覺得萬分寂寞，深感自己獨自工作，處境格外可憐……於是我總是一邊寫，一邊想：這本書寫完後，我一定一定一定一定（因為非常重要，所以必需要說四次）要去跟咱家編輯請休兩年的假，過一過快樂逍遙、無法無天的日子，不用天天為趕稿而煩惱！

但是，當完稿的寂寞深深侵蝕我的靈魂後，就又覺得，那些寫稿期間的發誓啊、詛咒啊什麼的，立刻灰飛煙滅，腦子裡又開始想著下本書要寫什麼故事？大概什麼時候要開稿？這次又要想什麼大絕招跟編輯鬥智鬥勇兼拖稿……

我想，我是一輩子逃不開寫稿這個宿命了（先為自己悲慘的人生掉兩滴淚）！

照例，還是希望你們一樣會喜歡這個故事！然後，我再繼續去想想下一個虐心或虐愛的新故事……你們說，好不好？

Sunny

國家圖書館出版品預行編目資料

驀然回首，你依然在／Sunry 著. -- 初版. -- 臺北市：商周, 城邦文化出版：
家庭傳媒城邦分公司發行, 民104.09
面：　公分. --（網路小說；250）
ISBN 978-986-272-876-5（平裝）

857.7　　　　104017046

驀然回首，你依然在

作　　者／Sunry
企畫選書人／陳思帆
責任編輯／楊如玉、陳名珉

版　　權／翁靜如
行銷業務／李衍逸、黃崇華
總 編 輯／楊如玉
總 經 理／彭之琬
發 行 人／何飛鵬
法律顧問／台英國際商務法律事務所　羅明通律師
出　　版／商周出版
城邦文化事業股份有限公司
台北市民生東路二段 141 號 9 樓
電話：(02) 25007008　傳真：(02) 25007759
Blog：http://bwp25007008.pixnet.net/blog
E-mail：bwp.service@cite.com.tw
發　　行／英屬蓋曼群島商家庭傳媒股份有限公司城邦分公司
台北市民生東路二段 141 號 2 樓
書虫客服服務專線：(02) 25007718、(02) 25007719
服務時間：週一至週五上午09:30-12:00；下午13:30-17:00
24 小時傳真專線：(02) 25001990、(02) 25001991
劃撥帳號：19863813；戶名：書虫股份有限公司
讀者服務信箱：service@readingclub.com.tw
城邦讀書花園：www.cite.com.tw
香港發行所／城邦（香港）出版集團有限公司
香港灣仔駱克道193號東超商業中心1樓
E-mail：hkcite@biznetvigator.com
電話：(852)25086231　傳真：(852) 25789337
馬新發行所／城邦（馬新）出版集團【Cité (M) Sdn. Bhd.】
41, Jalan Radin Anum, Bandar Baru Sri Petaling,
57000 Kuala Lumpur, Malaysia.
Tel: (603) 90578822　Fax:(603) 90576622
email:cite@cite.com.my

封面設計／黃聖文
排　　版／新鑫電腦排版工作室
印　　刷／高典印刷有限公司
總 經 銷／高見文化行銷股份有限公司
電話：(02) 26689005　傳真：(02) 26689790
客服專線：0800-055-365

■ 2015 年（民104）9 月 1 日初版
定價220元
Printed in Taiwan
城邦讀書花園 www.cite.com.tw

 ISBN　978-986-272-876-5

商周出版

廣　告　回
北區郵政管理登記
台北廣字第000791
郵資已付，免貼郵

104台北市民生東路二段141號2樓

英屬蓋曼群島商家庭傳媒股份有限公司　城邦分公司

請沿虛線對摺，謝謝！

商周出版

書號：BX4250　**書名：**驀然回首，你依然在　**編碼：**

請於此處用膠水黏貼

商周出版

讀者回函卡

感謝您購買我們出版的書籍！請費心填寫此回函卡，我們將不定期寄上城邦集團最新的出版訊息。

不定期好禮相贈！
立即加入：商周出版
Facebook 粉絲團

姓名：＿＿＿＿＿＿＿＿＿＿ 性別：□男 □女

生日：西元＿＿＿＿年＿＿＿＿月＿＿＿＿日

地址：＿＿＿＿＿＿＿＿＿＿

聯絡電話：＿＿＿＿＿＿＿＿ 傳真：＿＿＿＿＿＿＿＿

E-mail：

學歷：□ 1. 小學 □ 2. 國中 □ 3. 高中 □ 4. 大學 □ 5. 研究所以上

職業：□ 1. 學生 □ 2. 軍公教 □ 3. 服務 □ 4. 金融 □ 5. 製造 □ 6. 資訊
□ 7. 傳播 □ 8. 自由業 □ 9. 農漁牧 □ 10. 家管 □ 11. 退休
□ 12. 其他＿＿＿＿＿＿＿＿

您從何種方式得知本書消息？

□ 1. 書店 □ 2. 網路 □ 3. 報紙 □ 4. 雜誌 □ 5. 廣播 □ 6. 電視
□ 7. 親友推薦 □ 8. 其他＿＿＿＿＿＿＿＿

您通常以何種方式購書？

□ 1. 書店 □ 2. 網路 □ 3. 傳真訂購 □ 4. 郵局劃撥 □ 5. 其他＿＿＿＿

您喜歡閱讀那些類別的書籍？

□ 1. 財經商業 □ 2. 自然科學 □ 3. 歷史 □ 4. 法律 □ 5. 文學
□ 6. 休閒旅遊 □ 7. 小說 □ 8. 人物傳記 □ 9. 生活、勵志 □ 10. 其他

對我們的建議：＿＿＿＿＿＿＿＿＿＿

【為提供訂購、行銷、客戶管理或其他合於營業登記項目或章程所定業務之目的，城邦出版人集團（即英屬蓋曼群島商家庭傳媒（股）公司城邦分公司、城邦文化事業（股）公司），於本集團之營運期間及地區內，將以電郵、傳真、電話、簡訊、郵寄或其他公告方式利用您提供之資料（資料類別：C001、C002、C003、C011 等）。利用對象除本集團外，亦可能包括相關服務的協力機構。如您有依個資法第三條或其他需服務之處，得致電本公司客服中心電話 02-25007718 請求協助。相關資料如為非必要項目，不提供亦不影響您的權益。】

1.C001 辨識個人者：如消費者之姓名、地址、電話、電子郵件等資訊。
2.C002 辨識財務者：如信用卡或轉帳帳戶資訊。
3.C003 政府資料中之辨識者：如身分證字號或護照號碼（外國人）。
4.C011 個人描述：如性別、國籍、出生年月日。

請於此處用膠水黏貼